KB184072

시마 詩魔 혹은 시혼 詩魂

조성규 시집

공상에 잠길수록 안목이 넓어지는 지상의 삶

시를 통해서 얻는 것은 정직해야 한다는 평범한 진리, 상처 입은 영혼을 위로하는
묘약 같은 시, 잃어버린 자아를 찾아가는 과정에서 위안을 주는 참으로 알 수 없는 시

한누리미디어

●
서
문

지난 가을 이렇게 살아서는 안 되겠다는 자각이 들 무렵
흔들리는 마음을 가다듬고 다시 시를 쓰기로 굳게 다짐했다.
시를 쓰게 되면 잃어버린 순수의 자아가 열릴 것 같은 충동에
열심히 시 쓰기에 몰두했지만
여전히 암담한 혼돈의 현실 속에서
서서히 깨닫게 된 내 안에 머무르고 있는
무언가 다른 검은 그림자를 보았다.
선과 악이 격렬하게 부딪치는 인생의 분수령을 넘긴 시기에
어떻게 살아가야 하느냐가 풀리지 않는 면벽의 화두이고
끊이지 않는 욕망의 굴레가 곁에서 유혹하는 불안정한 삶 속에
앞길에 가로놓인 생의 의미를 찾아 헤매다
그 목적이 원위치로 돌아간 느낌이다.
오랜 세월 홀로 견디며 살아봄으로써
귀가 트이는 자아의 숨결로 끝날 것 같지 않은 고독의 끝에서
희망찬 미래가 움튼다지만 고립을 감수하고 살기엔
너무나 미약한 인간이라는 존재도 실감한다.
행복과 불행을 넘나들며

지나간 세월 속에 마주했던 희비의 쌍곡선

수많은 밤을 홀로 지내며 물 밀듯이 밀려오는 그리움에

은행잎 떨구는 늦가을에 촉촉이 내리는 비를 반기면서도

쓸쓸해지는 감성, 그 누구의 통제도 없이 자유롭게 사는 동안

자신도 모르게 단련되어 버린 내면세계에

고궁 한적한 곳에서 사색에 잠기며

시의 소재를 얻는 영감을 더해 나를 옥죄던

그 시절의 아픈 혼적들이 내 시 창작의 밑거름이 되었다.

회한의 과거를 추스를 수 있어

치유하는 심정으로 쓰는 시에 더하여

이제는 잠재하는 시상을 적나라하게 표현하는

내 유익한 시 쓰기라 말하고 싶다.

그리하여 5집 출간 후 20년 만에 출간하는 이 유익한 시집이

독자들에게 많이 읽혀지고 많은 사랑 받아보기를 기대해 본다.

2024. 11. 늦가을에

조 성 규

차례

*1*부/ 고독한 시심

*2*부/ 못 다한 애상

3부 / 그대의 잔영

4부 / 모친의 눈물

차례

1부

●

고
독
한

시
심

고독한 시심

좁은 계단이 있는 뜰에 자욱한 연기
모락모락 피어오른 낙엽더미 불꽃
요염한 듯 성난 듯이 타오르는 불길
꽉 막힌 고독한 시심도 함께 타는 중
중얼거리는 혼잣말 쓰긴 써야 할 텐데
골똘히 시의 실마리를 풀려는 생각
저 불길처럼 시심이 타올라야 하는데
넋을 잃고 물끄러미 바라보는 시선
현실 도피처로 삼은 시문학의 길
무지갯빛 착각으로 어른거리던 시
이젠 짐이 되어 어깨를 짓누르는 숙제
주제만 있고 좀처럼 떠오르지 않는 문장
오래간만에 지핀 모닥불을 바라보며
못다 쓴 시를 완성하려는 상념
쥐어짜도 도무지 떠오르지 않는 해법
불의 열기만 무심히 바라보는 해질 녘

사랑 그것 참

사랑은 미친 짓이라고 일갈한 대문호
그래 미칠 듯이 가슴이 뛸 때가 있지
사랑은 눈물의 씨앗이라고 노래한 가수
그것 참 사랑의 길에 따라 다르겠지
그 사람을 보자마자 운명이 느껴진다고
그럴 수도 있지만 합리화 하는 착각일 걸
사랑이란 알 수 없는 미묘한 미로게임
보면 볼수록 진실을 다해 다가가는 여정
사랑은 둘이 정착해야 할 약속의 땅
함께 어우러져 개간해야 할 황무지
이루어져도 부딪치는 애증의 관계
외길로 손을 잡고 갈 수 있어야 영원한 것
그런데 왜 넌 지금까지 혼자 사냐고
내겐 사랑방정식을 푸는 과정이 어려워
고난을 감수하기엔 포용력이 부족해
내 분수를 알기에 감히 사랑을 할 수 없어

무작정 걸어

숙취에 혼란스럽고 허전할 땐
무작정 길을 나서 걸어라
어젯밤의 광란을 반성하며
차분히 마음에 평정심을 되찾아라
피해의식에 사로잡혀 울화가 치밀 땐
가까운 산을 찾아 올라가라
가쁜 숨을 몰아쉬며 땀을 흘리면
스트레스가 서서히 사라질 테니
일이 안 풀려 결단을 내려야 할 땐
고즈넉한 유적지를 찾아가라
그 터에 얽힌 일화를 습득하고
명상에 잠기면 해법을 찾게 되리니
일에 쫓기며 낙오하지 않으려는 삶
한 치 앞도 알 수 없는 불안정한 미래
불안하고 우울하고 중심을 잡지 못할 땐
길을 나서 나만의 소요를 즐겨라

내 시와 음악

공허한 풍경 내다뵈는 들창가
어스레할 무렵 감성에 젖어 쓰는 시
우수가 드리운 내 영혼에 기대어
가슴에 담긴 문장을 뱉어낸다
내가 아는 가장 슬픈 음악을 틀고
술 한 잔 마시면 추억으로 빠져드는 리듬
가슴에 담긴 응어리를 풀 길이 없어
그 시절의 멜로디를 흥얼거린다
독신에서 묻어나오는 독특한 내음
늘 안개 낀 숲 같은 굴곡진 삶
허무에 익숙해졌다가도 외로운 심정
자유로움에 어리는 냉소적인 내 표정
주변이 정적으로 휩싸일 때 시를 쓰며
사라진 날들을 그리워하는 반추
나의 시에는 적나라함이 담겨 있고
내가 즐겨 듣는 음악은 음울한 사운드

사랑은 끝내

사랑은 눈빛에 불꽃이 튀는 감전
판단의 중심을 흔들어버리는 콩깍지
은밀한 밀착은 주체할 길이 없어
얼굴을 붉게 물들이며 가슴이 뛰는 열병
사랑에 도취해 생동하는 솟구치는 열정
가장 달콤한 꿈을 꾸는 야화무드
영원할 것 같은 뜨거운 애정이 식을 때
가슴에 부딪쳐 피멍을 남기는 흔적
사랑은 슬픔의 근원을 잉태한 껍데기
끝난 뒤에 아로새겨진 그대 문신
떠났어도 마음에 잔재하는 후유증
잊혀졌다가 다시 돋는 추억 속의 음영
밀고 당기다 놓쳐 버린 줄다리기 끝
밤하늘에 사라져간 유성 되어 버린 빛
싱그러운 청춘에 파편 되어 흩어진 독
생의 깊이를 깨닫게 하는 쓰디쓴 약

늦게 피는 꽃

제철을 앞질러 꽃봉오리를 터트려
가장 빠르게 피어오른다고
그 꽃이 으뜸으로 탐스럽거나
아름다운 꽃이 되는 것이 아니듯
먼저 핀 꽃보다 늦게 피었어도
어둠에 잠겨 밤에 개화하여도
먼저 피어난 조숙한 꽃보다
찬란하게 필 수 있는 꽃의 세계
먼저 핀 꽃이 나타내는 계절의 상징성
꽃길을 나들이 가라는 길잡이 역할
나중에 핀 꽃의 여유로운 절정
제각각의 의미를 지닌 꽃송이
일찍 만개한 꽃은 계절을 앞질러
계절이 가기 전에 낙화하고
서서히 피어난 늦깎이 꽃은
후광을 발하며 계절 끝에 진다

어둠 빗소리

빗방울이 후드득 창가를 두드리며
선잠을 깨우고 어둠을 파고드는 생각
방울방울 맺혀져 어리는 얼굴
저 빗소리는 무엇을 일깨우려는 걸까
끝날 것 같은 기로에 선 사랑
머릿속을 짓누르는 가득한 번민
추적추적 빗속을 헤집고 다가와
끝없는 나락으로 떨어뜨린다
우두커니 삶을 옥죄는 외로운 밤
바닥에 부딪치는 빗물이고 싶어
처연한 울음소리인 듯이 들리는 빗소리
우수의 멜로디 되어 젖어드는 빗소리
어둠을 불사르며 탄식 되어 버린 너
삼 년 간의 부풀은 시절을 함께한 그대
긴 밤 하염없이 내리는 비가
이내 가슴 속을 적셔 놓는다

빗나간 미련

다시는 볼 수 없는 내 곁을 떠나는 그대
먼발치에서 뒤돌아보는 마지막 모습
빨간 사과 영글기 전에 바람에 떨어져
가지에 맺은 정이 끊어진 지금
몽환적인 무채색 거리에서 덩그러니
허한 눈길로 빈 하늘 응시한 채
멀어진 뒷모습만 안개 속으로
소용돌이치며 사라져 버린 빈터
돌이키려 뒤돌아보지 말자
긴 한숨을 내쉬며 비애에 젖어도
끊임없이 뛰는 맥박에 따라
여전히 숨을 쉬고 있지 않는가
모든 걸 걸고 포용하지 못한
가슴에 남아 있는 빗나간 사연은
사랑이란 울타리에 가두려고 한
욕망의 분출구였을 뿐이리

단풍이 질 때

거기서부터 그 사연을 얘기해야 되나
새벽 잔별들이 빛을 잃을 때까지
가만히 앉아 끊기듯 이어지던 대화
숨죽인 흐느낌 애처롭던 그 어둠
여기까지다 멈춰야 해 다짐을 하고도
자제할 수 없는 이끌림에 허물어지며
또 다시 한 발 두 발 주변을 맴돌다
그대 앞에 다가가 곁에 있는 내 그림자
함께 오르던 늦가을 등산로
붉게 물든 단풍잎이 시들 무렵
잊을 수 없는 추억 가슴에 새겨 놓고
검붉은 노을이 되어 물들은 그날
풀 수 없는 엉킨 실타래로 가슴에 맺혀
그리움 가득히 휘감아 놓고
풍문조차 들리지 않는 곳으로 떠난
마주 대할 길 없는 타인이 된 사람

만추의 빈터

아직도 남아 있는 빛바랜 그때 영상
비련의 옛 일 한 장면이 떠오르고
옛 애인의 수심에 쌓인 표정
눈물이 스민 눈동자가 그리운 곳
적막한 산중턱에서 옷깃을 여미는 몸짓
추풍낙엽이 빗발치듯이 흩날리는데
처량하게 하염없이 쌓이는데
멍하니 바라보는 허한 넋이여
텅 빈 산길에 메아리치는 공허한 산울림
옛 생각에 잠긴 외로운 심로
가을 향기가 물씬 을씨년스런 정취
저 하늘 멀리 두둥실 아슴한 음표
계절의 끝자락에 서있는 쓸쓸한 나
여린 가지에 팔랑이는 매달린 잎새
잊을 수 없어 간직한 입맞춤한 이곳
추억의 그 이름이 맴도는 내 청춘의 빈터

안녕 첫사랑

이루어질 수 없다는 첫사랑 속설대로
청춘의 언덕을 폭풍 치듯이 휩쓸고 간 너
가슴에 와 박힌 파편 같은 흔적을 남긴 채
그 시절 바람을 타고 사라져 버린 여운
안녕 첫사랑은 장맛비처럼 내리다가
때가 되어 그쳐 버린 빗줄기
온몸을 적시며 세차게 퍼붓다가
정만 남기고 흘러간 추억어린 빗물
만남보다 길고 긴 이별의 그늘
단꿈 같은 그 시절을 되뇌어 보니
오를 수 없는 깊은 산이 아니었는데
단념하며 먼 산이 되어 버린 그대 얼굴
모래성 되어 무너진 첫사랑은
숱한 말을 모래알만큼 남긴 채
발자국 새긴 백사장에 비단바람 되어
끊임없이 불어오는 못다 이룬 순수성

영원한 추억

긴 세월 속에 묻혔어도 잊히지 않는 작별
꽃이 지면 광막한 계절을 지나
새로운 선홍색 꽃이 피어나듯이
돌아올 수 없는 청춘만 흘러갔을 뿐
외길에서 뒤돌아보지 못한
마지막 뒷모습에 대한 외면도
황폐해진 가슴을 물들이던 석양
땅거미 내려앉듯 어두운 그 심정도
인고의 시간이 지나고 나서야 깨닫는
오묘한 생각의 변화처럼
이별이란 아픔을 포용할 수 있는
잔잔한 평정심이 찾아올 때
마음 한 켠에 남아 있는 옛사랑은
순수했던 초심으로 되돌아가
꺼지지 않고 빛을 발하는 등불이 되어
가슴에 불 밝히는 영원한 추억

진지해져라

불안정한 지상의 가파른 난간
출세를 향해 거침없이 오르려는 본능
분출하는 욕구에 잠식된 피곤한 삶
몽상을 꿈꾸는 지상은 불모지
암투와 불화를 일으키는 생존경쟁
추락이 두려워 속고 속이는 비정시대
편견에 빠져 아집에 사로잡힌 가치관
성취를 주관으로 포장하는 합리화
욕망과 상실이 교차하는 혼란스러움
삶의 중심을 잡지 못해 겪는 생의 전모
끝까지 갈 수 있는 숙명의 길을 찾아
의연하게 대처해야 할 하루 또 하루
진창길에서 비관과 멸시를 극복해야
자아의 모퉁이가 보이는 깨달음
고비마다 수시로 울리는 빨간 경고음
부디 영혼에 귀 기울여 진지해져라

내 삶에 관해

인적이 없는 밤 비에 젖는 이유를 물으면
잃어버린 자아를 찾는 중이라고 하지요
왜 혼자 사냐고 물으면
고독 속에 면벽을 한다고 하지요
요즘 생활 환경을 물으면
비로소 자유로워졌다고 하지요
왜 술을 마시냐고 물으면
일상이 권태스러울 때 마신다고 하지요
슬픈 멜로디를 즐겨 듣는 까닭을 물으면
인생행로 자체가 음악과 같다고 하지요
그리운 사람이 있냐고 물으면
지나간 일은 과거일 뿐이라고 하지요
남은 삶의 목적을 물으면
그저 냉소적인 웃음을 짓고 말지요
왜 사는지 곰곰이 생각해 보니
지상에 정이 깊어 사는 것 같아요

연꽃잎처럼

고즈넉한 고궁 분위기와 어우러진 연못
여유로운 나들이 발길을 멈추게 하는 터
푸르른 갈잎에 둘러싸여 핀 연꽃
순수한 생명의 상징인 꽃말
운치 있는 물빛 자연에서
우아하게 피어난 수려한 자태
송글송글 맺힌 갈잎에 물방울
사색에 잠기게 하는 가을날의 고궁
계절이 무르익은 산책길
무리져 앞 다투어 핀 주변의 꽃들
탁한 연못물을 맑게 하는 연꽃
갈잎에 둘러싸여 돋보이는 화사함
속이 보이지 않는 연못에 뿌리를 내려
햇살 가득 빛을 흡수하는 연꽃잎
함초롬히 나래를 펼친 연꽃잎처럼
시류에 물들지 않고 가야 할 시인의 길

외면 당한 시

문청시절에 그토록 열정적으로 쓰던 시
창작의 해법을 찾아 상상을 하며
동틀 때까지 혼신을 다해 쓰던 시
첫사랑과 헤어지듯이 등을 돌렸다는 그
시는 자아를 찾는 고독을 부여하고
숨겨둔 심중을 표현하는 장르
알면 알수록 오묘한 마력이 있으나
노력에 비해 대가가 없어 접었다는 시
개성 있게 쓰기가 어렵고 읽기에도 난해해
냉정한 현실과 동떨어져 버린 시어
문학의 가난한 음지에 서 있는 시인들
풍요롭기를 원하는 그에게 외면 당한 시
추억만 남기고 흘러간 유행 가요처럼
각박한 현실에 쫓기다가 잊혀져
시에 대해 관심을 끊은 지 오래된 그
그가 읽던 시집에 내려앉은 묵은 먼지

우울의 독기

창살 없는 감옥은 몸을 결박하고
암울한 혼돈의 고뇌에 빠져
어둠 속에 고립된 공간으로
삶의 본질을 무방비로 흔들어 놓는다
정신을 차리려 내면에 기를 모아 보지만
의식은 번민을 부채질할 뿐
삶은 머물러서도 불안하고
오로지 전진만을 강요한다
쫓기듯이 불안으로 가득한 심신
출구가 보이지 않는 벽에 갇힌 느낌
예민해진 감각은 분열을 일으켜
환청이 들리는 듯한 이상증세
고독이 깊어지면 비극이 되듯이
내가 내 자아에게 고문을 당하며
주저앉을 것 같은 인생길에서
극심한 우울의 독기를 앓는다

혜화 대학로

군에 입대하기 전날에 그의 손을 잡고
사랑을 확인하며 돌고 돌아갔던 길
먼 훗날에 이곳에서 회포를 풀자고
편한 마음으로 속삭이며 거닐었던 길
이화사거리에서 혜화동 로터리까지
왔다갔다 하며 성장기를 보낸 마음의 터
저 하늘로 떠난 죽마고우와 어울리며
숱한 밤을 휘청이며 함께 거닐던 거리
동네 건달들이 장악했던 술집 상권
거리 곳곳을 누비고 다녔던 익숙한 곳
어느 날 대학로에서 되살아난 시의 영감
내 시의 뿌리가 깊숙이 박혀 있는 혜화역
술 한잔 하고 싶을 때면 단골술집을 찾아
가벼운 마음으로 술집을 향해 가는 발길
세월이 가고 주변 풍광이 변해도
언제나 날 반기는 추억이 흐르는 이 거리

詩魔 시마 혹은 시혼 詩魂

2 부

●

못
다
한
애
상

꿈꾸는 방랑

애당초 빈손이었던 나는
떠도는 나그네로 살고자 했는데
우물쭈물 뿌리내린 터에 발이 묶여
반복되는 일상의 속물이 되었구나
바람 부는 방향으로 가야 할 인생길
계산된 잔머리로 가려는 육신
갈팡질팡 멍하니 허공에 뜬 이 마음
편하게 현실에 고개 숙이는 어리석음
한두 발짝 가다가 뒤돌아보고
세 발짝 디디려다 멈춰선 발길
진정한 나그네의 삶을 살고자 했는데
가지 못하고 멈춰선 두 발자국
아침부터 진종일 술에 취해
쓰러져 누워 있는 허전한 방에서
목적이 사라진 관념을 추스르며
공상의 나래를 펴는 꿈꾸는 방랑

여름 적전술

더위와 함께 기승을 부리는 작은 흡혈귀
실내 어딘가에 도사리고 있다가
어둠을 틈타 왱왱 공습경보를 울리며
몸을 향해 낙하하는 암모기
허름한 방충망과 문틈을 비집고 들어와
교묘히 달려드는 생존 전략형 모기
모기와의 계절 전쟁은 시작되고
무차별 난사하는 방충제 모기향 적전술
크기에 비해 대단한 위력을 지닌
말라리아와 뇌염균을 보유한
저주받은 생명체 피부의 적
숙면을 방해하는 한여름 밤의 불청객
편안해야 할 안락한 잠자리에서
무더운 여름밤을 모기에게 시달리며
모기의 습성에 익숙하게 적응하여
숙달된 모기 저격수가 된다

내 속의 악마

사우나에서 얼핏 쳐다본 거울
섬뜩하게 일그러진 표독한 내 눈빛
내 영혼을 잠식하는 악마의 혼
숨어 있다가 마각을 드러낸 형상
혼돈의 나날을 악마의 덫에 걸려
분노하며 악마의 기로 살았고
내 속의 선과 헤게모니를 벌이며
내 영혼을 주도하려고 기를 쓴다
거울에 비친 날선 내 눈빛
내가 나를 바라보며 경멸하는 전율
내 안의 영혼을 파괴하려는
나 아닌 악마가 실재함을 처음 본 충격
악마의 혼이 뿌리를 내리지 못하게
인내력을 키우고 강한 남자가 되어야지
혼미해진 내 영혼에 선의 기를 모아
현명한 사람이 되고자 노력해야지

소래포구로

동암역을 쏜살같이 벗어나는 일행
목가적인 도로를 휘돌아 달리는 차
창밖에 눈길을 주다 도착한 종착지
갯내음이 물씬 풍기는 소래포구
오가는 사람들로 북적이는 생동감
싱싱한 해산물이 풍성한 어시장
갈매기 노니는 갯벌의 운치
출항을 멈추고 정박한 소형 어선
공중에 절묘하게 도로가 난 수인선
주변과 조화를 이룬 협궤열차 노선
귓가에 들리는 낭만적인 해조음
예스러움이 남아 있는 아늑한 포구
상쾌한 갯바람이 코끝을 스치고
감칠맛 나는 안줏감에 손이 가는 술잔
해지는 포구로 차오르는 밀물의 변화
술맛 나는 분위기에 절정을 이룬 포구

지는 가을 잎

늦가을이 급강하는 예기치 않은 날씨
계절의 변화를 달리는 음산한 하늘
스치는 바람소리가 비명소리로 들리고
숨을 거두며 우수수 깔리는 낙엽
헝클어진 뒹구는 낙엽을 끌어 모아
불질러 허공으로 연기를 날려 보내면
허이허이 사라지는 희뿌연 재
귓가를 울리는 서글픈 장송곡 환청
떨어지는 낙엽 가지 끝에 매달린 잎새
모두가 허망한 저녁놀인 것을
못내 못 다한 정을 맺으려고
세찬 바람에 몸부림치며 버티는 잎새
계절 따라 순리대로 지면 그만인 것을
무에 그리 발버둥치며 맺으려는가
거센 추풍에 휩싸여 팔랑이며
나뭇가지에 미련을 둔 여린 잎새

취중에 어둠

봄비로 마중 나온 먹구름이 몰고 온 어둠
밤으로부터 초대받은 비는 내리고
적적한 공허함에 잡히는 건 술잔
빗방울이 맺힌 창가를 보며 술에 젖었지
빗속을 헤집고 다니는 길고양이마냥
불빛 꺼진 뒷골목을 배회하며
발길 닿는 대로 휘청거리며 걷다 보니
머릿속을 맴도는 잡념도 비에 묻혔지
어디를 가건 반겨줄 사람 없는 외로운 밤
그냥 이대로 홀로 걷는 것도 괜찮아
인생의 황혼길을 같이 가자고 했지만
지조 없는 속물들에게 등을 돌렸을 뿐
비바람이 상쾌한 주점에 앉아
한 잔 더하며 멍하니 상념 중
취중에 내 속을 꺼내 보여드리지
벗 될 건 비와 술잔 그리고 내 영혼뿐

광화문 옛터

우중충한 잿빛 하늘 스산한 갈바람
돌담길을 돌아 덕수궁 정문을 지나
길가에 흩어진 낙엽을 밟으며 걸으면
어느새 발길은 동상이 우뚝 선 광화문
지척에 살면서 쉬 발길이 가지 않는
청춘의 발자취가 곳곳에 서린 거리
변화의 물결 따라 길조차 헷갈리는 소로
그 언저리에 서서 옛 생각에 잠기네
세종문화회관 뒷길을 속삭이며 거닐었던
그리움만 남기고 자취 없이 사라진 그대
문득 떠오른 옛 찻집 장소를 찾아
두리번거리며 그 흔적을 더듬어 보네
추풍에 우수수 지는 낙엽 쌓인 길을 따라
광화문 네거리를 배회하노라면
가뭇없는 그 시절이 되살아나
침잠된 가슴을 추억이 쓸어내리네

그리웠던 길

가슴 깊이 담아둔 그리웠던 길
언젠간 와보고 싶었던 우리가 걷던 길
뇌리를 스치는 그때 그 시절 장면
드문드문 흔적이 남아 있는 소음의 변화
소식 전하러 드나들던 우체국 계단
덧없음을 일깨우는 기억 한 무더기
초행길을 묻고 물어 먼 길 찾아왔던 너
손을 잡고 황톳길을 거닐던 아득한 저편
짧은 만남 끝에 막차를 기다리던 침묵
우수 띈 눈망울에 어리던 아쉬움
함께 서울로 가고 싶다던 읊조림
내 발목이 묶여 있던 유배지 같은 이곳
뒤안길로 사라진 그대는 지금 어디에
휘몰아치는 칼바람에 홀로 선 그림자
그리웠던 길은 나를 반기고 있는지
긴 세월을 돌고 돌아온 방랑의 발걸음

끝없는 옛정

늦가을 대지 위에 어둠이 드리우고
잿빛 하늘 텅 빈 허무를 누를 길이 없어
안개비를 맞으며 헤매는 밤길
추억의 언덕을 찾아가 맴도는 배회
이맘때쯤이면 떠오르는 그 얼굴
가녀린 자태 청아한 음성
갈잎에 맺힌 이슬 영롱하듯
눈물 어린 그윽한 눈망울
허전한 발길에 서늘한 소슬바람
한숨 쉬는 가슴을 채우는 공허
삶 그 자체는 끊이지 않는 그리움
회억 저 너머에 이별이야기
숙명의 광풍 속으로 날려 보낸
어찌할 수 없는 과거지사지
단지 잊혀질 듯 잊혀지지 않는 옛정
그 아픔이 남아 있을 뿐이야

침묵의 재회

이년이란 그 세월을 망각하듯
예전 그대로 변치 않은 아늑한 카페
귓전에 감미로운 멜로디가 흐르고
엷은 어둠을 뚫고 잔속에 피는 꽃등불
불빛 아래 발그레한 변한 모습
거리감이 느껴지는 어색한 분위기
잡을 수 없는 뜬구름인 양
반가운 기색조차 없는 냉정한 옛사랑
아니 풀리는 사이를 직감하면서
얼굴을 마주한 미련이라는 정
재회의 회포는 침묵만 띤 채
바라보는 의미로 만족해야 하나
커피는 식고 찻잔은 미를 발하는데
식은 차가 다시 뜨거워질 수 없듯이
타인의 얼굴 바라보는 내 눈엔
다정했던 옛 일들이 고여 있네

못 다한 애상

창문을 흔드는 스산한 바람소리
잊었던 기억을 몰고 와 부딪치는 돌풍
추억이란 틀에 갇혀 있던 상실의 굴레
남기고 간 발자취를 따라 헤매인 늪
이별은 한동안 그 자리에 머물게 하지만
세월 속에 희미해지는 빛바랜 날들
계절 따라 피고 지는 게 꽃만이 아니듯
사그라들었다가 다시 돋는 애상
작은 불씨가 되어 번지는 들불처럼
잊혀질 듯 여운지는 옛 님의 그림자
거센 강풍이 너의 창을 흔들면
못 다한 옛정이 다가간 줄 알아라
회상 저편에서 두둥실 떠올라
회전목마를 타고 온 추억속의 그대여
점점 멀어지는 그 모습 그 눈동자에
아직도 남아 있는 그리움을 토한다

지금은 가을

가을이 어디선가 소리 내어 오는가
나지막한 귀뚜라미 음향에 실려
가을이 회오리바람을 타고 오는가
얼굴을 휘감아 도는 서늘한 체감
때가 되어 시들은 생기 잃은 빨간 꽃
아물은 상처를 덧나게 하는 슬픈 계절
추억이 흐르는 옛길을 찾는 발길
기억 저편에 떠오르는 아련함
가로등 불빛 종로길 쇼윈도우
마지막으로 거닐었던 연인의 길
길모퉁이 레스토랑에서 말없이 든
두 잔에 이별이 담긴 씁쓸한 거품
안녕을 고하고 안개비에 젖어 떠난 그대
회상을 안고 서있는 쓸쓸한 내 그림자
가을이 올 때면 불태운 흔적을 찾아
이리저리 떠도는 배회 지금은 가을

영혼과 육체

신비의 대상인 인간의 영혼과 육체
하루라도 닦고 씻지 않으면
이에는 누런 노폐물이 끼고 악취가 나며
몸에는 퀴퀴한 냄새가 배어드는 것
탐욕에 흔들리는 인간의 내면
명상으로 욕망을 잠재워도
매일 기를 모아 덕을 쌓지 않으면
그 동안에 쌓은 덕도 서서히 무너지는 것
아침에 일어나 몸을 정갈하게 씻듯이
마음의 도량도 수시로 닦아야 하고
몸에 쌓인 노폐물을 시원히 비워내듯
마음을 비우고 맞이해야 하는 삶
인간의 마음은 선과 악을 넘나들기에
시시때때로 끊이지 않는 번뇌가 일고
그 틀에서 벗어날 수는 없지만
끊임없는 성찰 끝에 편해질 수 있는 삶

잠 못 드는 밤

강풍이 휘몰아치는 창문이 흔들리는 밤
온 사위가 칠흑 같은 어둠 속에 깬 잠
무언가 땅바닥에 휩쓸리는 소리
문틈 새로 파고드는 겨울바람
작동이 멈춘 보일러 방안을 휘젓는 냉기
뒤척이며 잠 못 이루는 깊은 밤
뭇 생각에 빠져드는 공허
내 방에 갇힌 듯 홀로 칩거하는 삶
주변의 쥐죽은 듯한 낯선 고요
인기척이 들리지 않는 주거지의 정적
소로를 지나는 차 소리마저
내 신경을 자극하는 적적한 밤
이 공간에 익숙해질 때도 됐으련만
낯설게 느껴지는 방안의 어둠
술 한잔을 받아줄 사람이 그립고
어둠을 녹일 수 있는 따뜻함이 간절한 밤

주검 그림자

사는 게 혼란스러워 폭음을 하고
타인이 된 그를 만나 횡설수설
겨울 거리를 돌아다니다가
대학로에서 헤어져 집에서 잠든 밤
옆에 시체가 누워있는 틀 안에 갇혀
벗어나지 못하는 꿈속의 내 모습
뜨거운 열기에 숨이 조여 오는 육신
현실처럼 느껴지는 생생한 공포감
좁은 출구를 벗어나려는 안간힘
화장터에서 버둥거리는 형상
가슴을 강하게 찍어 누르는 압박
몸부림치다가 깨어나니 독거하는 방
온몸이 식은땀으로 젖어 있고
타오르는 갈증 열병으로 쇠진한 몸
방문을 열고 기어가 냉수를 들이키는 밤
어둠 속 주검의 그림자가 왔다 갔나 보다

희망의 불씨

막연히 될 대로 되라 식으로 살 수 없는 생
고민 끝에 찾아야 할 희망의 불씨
감당하기 힘든 고난이 몰아닥쳐도
빛이 다시 돋을 때까지 인내하라
누군들 곤경에 처하지 않는 자 있으랴
각박한 현실에 중심을 잃고 비틀거려도
의연히 감내하고 대처해 가며
끈기 있게 버티면서 신념을 다져라
거세게 부딪쳐 추락을 해도
이 꽉 다물고 길러야 할 의지력
주저앉은 가장 낮은 밑바닥에선
상승할 출구밖에 길이 없는 것
떨어져 주저앉을 때 느꼈을 고통
숨 가다듬고 맞이해야 할 내일
삶은 쓰러져도 일어나 희망을 노래하며
인생의 부적을 활활 태우다 가는 것

다시 쓰는 시

술자리에서 군대 친구가 충고로 하는 말
왜 시를 안 쓰는데 너는 시를 써야 해
내 속도 모르면서 이미 바닥이 난 시심
쓰고 싶어도 쓸 수 없는 상태였던 그 무렵
대학로에서 우연히 만난 시를 쓰는 친구
시집을 준비 중이라고 기염을 토하는 그
시에 발을 끊은 지 오래된 내가 하는 말
그까짓 시집 한권쯤이야 하는 객기
어느 날 시집을 뒤적이는 나의 모습
아직도 시를 쓰고 싶은 욕구와 충동
다시는 시를 쓸 일이 없을 거라 여겼는데
본능적으로 쓰기 시작한 못다 쓴 시
미뤄둔 숙제를 하는 심정으로
삶에 중심이 되어 주로 낮에 쓰는 시
그동안 거부했던 영혼의 지시에 따라
영감을 붙잡아 몰아치기로 쓰는 시

장기표 정신

젊은 날 마라톤을 뛰고 축구를 즐긴 건각
최악의 군부독재가 철권통치를 할 때
인천에서 반격을 가해 충격을 준 주체
서슬 퍼런 그 시대에 강철 정신의 소유자
선이 굵은 신념을 갖고 외길로 간 상징
진영 논리의 벽을 깨고자 한 한평생
끊임없이 집필을 하며 쌓은 해박한 지식
경제논리를 말하며 먼 산을 직시하던 눈
좌우 경계를 아우르는 신문명 사상
불의와 단호히 맞서는 꼿꼿한 선비의 길
재야의 대부 굴레를 등에 진 한평생
예기치 않게 날아든 초가을의 비보
민주화 과정에서 운동권 최장기 복역수
민주화 포상금을 단칼에 자르며 남긴 말
선거에서 한 번도 당선되지 못했던 삶
이 땅의 정신적 지주 무관의 제왕 장기표

시_{詩魔}마
혹은
시_{詩魂}혼

3부

•

그
대
의
잔
영

노점에 앉아

무서리 맞아 멍들어 매달린 잎새
세찬 바람에 맥없이 떨어지고
거리에 휩쓸리는 낙엽의 잔해
갈 곳을 잃고 헤매는 내 마음 같아
어찌할거나 허공에 뜬 내 마음
어디에도 기댈 곳이 없는 처지
동묘 골목길에서 서성이다가
노점에 주저앉아 들이키는 술
주변이 몰락한 방랑자의 휴식
상처뿐인 이 몸 어디로 가야 하나
물끄러미 하늘을 바라보는 초점 잃은 눈
내 심정을 닮은 핏빛으로 물든 저녁놀
주저없이 마시는 한잔 또 한잔
발그레 눈가를 물들이는 술기운
여기에서 허물어져야 하나
일몰에 허우적대며 기로에 선 인생

나무가 되어

혹독한 강풍이 몰아칠 때마다
처량하게 흔들리는 앙상한 나뭇가지
푸르른 계절 멋진 꽃이 핀 나무였는데
엄동설한에 알몸을 드러낸 처지
얼어붙은 동토에 오롯이 서서
냉혹한 겨울 칼바람을 견디며
흔들리는 생명을 부지하기 위해
하늘을 향해 긴 호흡을 내쉬는 하루
꽃이 지고 잎마저 지고 난 후
눈길 한 번 주지 않는 냉정한 사람들
남루한 자태로 우뚝 선 채로
혹한을 외로이 맞는 고립된 신세
비정한 현실의 고통을 딛고
꿋꿋이 버티며 인내하다 보면
겨울 지나 저 나무에 새순이 돋듯
새로운 희망의 태양 떠오를 날 있으리

늘 혼자인 나

육체는 훨훨 자유롭지만
정신적으로 틀 안에 갇힌 나는
애틋한 사랑을 하고 싶지만
사랑의 문을 걸어 잠근 나는
머무는 곳을 벗어나고 싶지만
벗어날 처지가 못 되는 나는
홀로 살기를 원하지 않지만
고독을 즐기는지도 모르는 나는
내 자신을 안다고 여기지만
착각하고 있는지도 모르는 나는
혼자만의 공간에 익숙해져
고립과 나약함에 잠식되는 나는
알 수 없는 운명의 힘에 결박되어
꼼짝 못하고 끌려가는 나는
무엇을 하기 위해 이 땅에 태어나
비루한 아웃사이더로 머물고 있는가

내 시의 숙명

별 볼일 없는 인생이었기에
드러내 보이고 싶지 않은 내면
고개 숙여 살아온 긴 세월
가능한 한 정직하게 살고자 한 신념
내 영혼에 응어리진 깊이 패인 상처
술로 씻겨지지 않을 때 쓰는 시
시에 인생을 건 적이 없기에
소일삼아 쓰고 싶을 때만 쓴 시
서점에서 외면 받는 대다수 시집의 숙명
그래도 시를 쓰는 것은 타고난 업
끊임없이 고독과 맞닥뜨려야
자아를 깨달을 수 있는 시문학의 길
가슴에 열정이 식어버린 시인은
가죽만 남아 있는 박제일 뿐
꿈틀대는 시의 영감이 사라지기 전에
한 편 두 편 완성된 시를 써야겠다

내 생일날은

내가 내 생일에 의미를 두지 않기에
지금까지 생일을 무심히 보냈지
돌아가신 어머님께 산고의 고통을 준 날
험난한 세상에 첫 선을 보인 날
주민등록증에도 틀리게 기재되어 있고
그러려니 여기고 살아온 내 방식의 삶
챙겨줄 사람도 없는 독신의 생일
굳이 기억하고 싶지는 않았지
생일이 언제냐고 묻는 이에겐
시월달이라고 대답해 주지
가을 중순인가 끝 무렵인가
아마 그맘때쯤일 거야
작고한 어머니 기억에만 각인되고
나에겐 평범하기 그지없는 날
가을이 오면 이맘때쯤인가 하다가
그냥 지나쳐 가버리는 그런 날

파도를 향해

한여름 대지에 작열하는 태양
포말로 부서지는 바다를 꿈꾸며
백사장에 잊지 못할 족적을 남기고자
낭만을 찾아 떠나가고픈 노출의 계절
더위에 찌든 주거지를 벗어나
초록빛 물결치는 파도를 향하여
잃어버린 희망의 돛단배의 뱃길
늘 마음에 간직한 흑점을 찾고픈 바다
훤히 트인 수평선을 바라보며
반복되는 일상의 권태를 날려 버리고
가치 있는 삶의 목적을 부여받기 위해
심안이 관념적으로 향하는가
여름바다는 파도의 매력을 발산하며
해 저물 녘 물새들 줄지어 날아가는
낙조에 잠긴 수려한 풍광을 펼치며
저 멀리 해변에서 유혹하고 있네

그대의 잔영

저 하늘이 검붉게 물드는 해질 녘
노을에 스며드는 깨진 사랑
멈출 듯 뛰는 가슴에 남은 멍에
못내 그리움이 사무치는 그대 잔영
잊으려 애를 써도 선명해지는 얼굴
처음 만났던 바다에서 수줍은 모습
마지막 뒷모습이 되어 사라질 때
나지막이 불러보는 이별의 노래
그대가 머물던 텅 빈 자리
아릿아릿 가슴을 저미는 절실함
세상이 온통 막힌 담으로 둘러싸인 듯
벗어나지 못하는 상실의 굴레
밤하늘에 별들이 찬연할 때면
어디로 가야 하나 애달픈 내 발길
끊임없이 솟아나는 그 모습
세월이 가면 잊혀질 수 있을까

푸르른 그때

넘실대는 쪽빛 물결 눈부신 해변의 태양
쉼 없이 백사장으로 밀려오는 포말
둘이 모래 위를 거닐며 바라보던 수평선
서해안 바닷가에서 움튼 옛사랑
오가는 두 마음이 파도소리에 젖어
푸른 꿈 열락에 빠져들게 하던 곳
잊을 수 없고 되돌아갈 수 없는
만감이 교차하며 되살아나는 추억
가슴과 가슴을 출렁이게 했던 물결
미래를 꿈꾸던 희망에 찬 부풀은 나날
자유로운 행복을 누린 푸르른 그 바다
해 지는 드넓은 백사장 아련한 그 여름
내 마음에 여전히 굽이치는 저 바다
산산이 부서지는 파도가 되어
기억 속에서 떠나지 않는 내 젊은 날

음울빛 여자

싱그러운 생머리 쓸어 넘기며
곱게 미소를 짓는 매력을 지닌 여자
진지한 눈길로 삶의 고뇌를 말하며
예기치 않은 행동을 하는 야릇한 너
번화가에서 보슬비를 맞으며 걸어갈 때
세차게 퍼붓는 소낙비를 바랐던 여자
하늘이 눈물 같은 비를 내리면
그 비를 마시고 싶은 충동이 인다는 너
발그레 단풍이 물든 늦가을
붉은 노을을 품에 안고 싶다던 너
시심 가득한 눈길로 하늘을 쳐다보며
언젠간 멋진 시를 쓰겠다던 사람
후미진 카페에서 술잔을 기울이며
쓸쓸한 표정 짓던 알 수 없는 그 눈매
꺼져 버릴 암운을 드리운 촛불처럼
음울빛 이미지를 남기고 간 가을 여자

이화사거리

겨울 석양빛이 잔광 되어 비추는
일몰 때 찾은 이화사거리
줄지어 선 포플러 나무들 낙엽을 떨구며
삭풍에 휩쓸리며 반겨주는 곳
모진 세월을 견딘 낡은 석조 건물
그 시절의 정취를 초라하게 지닌 채
길모퉁이에 둘이서 드나들던
허름한 찻집 덩그러니 남아 있을 뿐
어렴풋이 흐르는 옛 곡조
고개를 숙이게 하는 잊히지 않는 그대
빛바랜 흘러간 청춘의 엇갈림
사라진 날들의 쓰디쓴 편린
부질없는 추억을 헤아리며
그리울 때마다 이곳에 서 있는 내 발길
퇴색된 낙엽 나부끼는 거리에 서면
또 다른 외로움이 엄습해 온다

옛사랑에게

계절은 돌고 돌아 언젠간 만날 거라고
알 듯 말 듯한 말을 남긴 채 돌아선 그대
그게 그 밤이 마지막이었는데
그 말대로 한 번쯤 만날 수 있을까
세월에 풍파를 겪는 내 모습이
시간의 흐름 속에 변했어도
어느 날 갑자기 마주칠 땐
반갑게 반겨줄 줄 믿고 있어
서로를 바라보던 꿈 많았던 그 시절
다정히 손을 잡고 거닐었던 종로 거리
지금은 변해 버린 헤어진 그곳에서
못 다한 옛이야기 하기로 하지
자존심이 앞선 속된 감정도
진실을 오해로 받아들인 때늦은 후회도
이룰 수 없었던 사랑의 과정까지
속에 있는 말 털어놓고 웃을 날 있을 거야

영영 잘 가라

내 곁에 머무를 때는 몰랐었다가
떠난 뒤에 알게 된 뒤늦은 회한
내 뒤를 그림자처럼 따라오던 네 모습
내 앞길은 험한 가시밭길이었지
착한 성품에 늘 지켜보던 너
그 작은 소망에 어긋나던 나
믿었던 우리 사이에 금이 가고
삐걱거리며 흔들리던 교감
애절한 호소도 아랑곳없이
술에 취해 휘청거리던 방탕한 혈기
숙취가 가시지 않은 혼란스런 그날
이별을 알리며 찬물 끼얹는 너
올 땐 가녀린 소녀 같더니
갈 땐 성숙하게 변모한 숙녀
마지막까지 상냥했던 정든 그대
행복을 찾다 저 멀리 영영 잘 가라

실비에 젖어

실비는 고독이 되어 감성을 자극하고
거리에는 우산꽃이 피어나는데
갈 곳 잃은 목적 없는 발길
포근히 기댈 곳이 어디에도 없구나
안개비에 젖은 꽃집에서 들리는
이내 심정을 흔드는 서글픈 멜로디
아릿아릿 파고드는 저 선율
길손의 심금을 울려주누나
애타던 사랑도 막을 내리고
홀로 헤쳐 가야 할 이별의 길목
우산 숲을 이룬 번화가에서 방황
이리저리 휩쓸리는 초라한 내 모습
휘황찬란한 네온불빛을 등지고
밤하늘을 벗 삼아 떠돌다 보면
외로움에 젖은 내 마음에도
새로운 희망의 싹이 돋겠지

마흔 살 때쯤

곰곰이 생각해 보니 그때가 마흔 살 때쯤
그토록 바라던 생업의 틀에서 벗어나
참다운 내 갈 길을 가고자 한 신념
자유로워지자 외로워진 신변
매일 할 일이 없어지자 각박해진 생활
어떻게 살 것인가에 고민이 막아선 나날
새롭게 살기 위해 의지를 다졌지만
목적을 찾아 헤매인 혼란스런 시기
진정한 문인도 아니면서
인사동에서 죽치고 술을 마시던 백수
무언가 써야 할 텐데 멈춰선 펜
머릿속을 뱅뱅 돌기만 한 주제와 문장
파고다공원에서 교보문고 길을 오가며
방황의 늪에 빠진 초라한 백수
뜻하지 않은 고립에 우울했던 그 시절
내 나이 마흔 살 때쯤이었나 보다

술독에 빠져

술술 잘도 넘어가는 술에 취해
유흥 분위기에 휩싸이는 혼란스러움
여과 과정의 숙취를 달게 받아도
거친 세파가 술의 유혹에 빠지게 한다
가슴에 스미는 비바람 소리가
아슴한 추억으로 스칠 때마다 한잔
사악한 무리들이 득세하는 사회가
가십란 안줏감이 되어 술을 부른다
그리고 내 몸에 뿌리 내린 악의 세포가
권태를 유발시키며 한잔
갈피를 못 잡고 혼술에 빠진 삶이
알코올 늪으로 끌어들인다
오늘 밤도 만취가 될 때까지
비틀거리는 내 육체를 이끌고
일차이차 주저없이 마시며
밤에 부나방처럼 술집을 떠돈다

인사동 그곳

시인이란 간판이 번성하던 시기
시를 쓴다는 명분을 구실삼아
인사동에 아지트로 삼은 단골주점
그곳을 휘청거리며 드나들던 청장년기
헤어날 수 없는 병든 몸을 추스르며
주검을 예감한 듯 유고시집을 남기고
최후까지 이 터에서 생을 누리다가
저 하늘로 가버린 술벗의 흔적
올라갈 때가 있으면 반드시 내려가듯
변화하는 세태에 술집 간판이 바뀌자
문인들이 어울리던 시절도 막을 내리고
낭만이 사라진 익숙한 거리
등 떠밀리듯 발길을 끊은 지 벌써 십여 년
그때가 그리워 찾아왔건만 낯선 느낌
음지와 양지를 오가던 혼란스런 그 시절
문득 떠오르는 풍류를 함께한 얼굴들

내 시의 뿌리

학교에서 배운 것이 별로 없는 나
시를 쓰게 된 계기가 무엇 때문이었을까
곰곰이 생각하다가 문득 깨달은 답
음악 때문이었다는 걸 알게 되었지
억지로 배우게 된 음악 시간의 가곡
귓가로 흘려들은 장중한 클래식
영화를 보며 듣게 된 감미로운 사운드
시대상을 반영하는 세대 간의 유행가요
트로트의 중심인 배호 남진 나훈아
록과 솔이 어우러진 신중현 박인수 장현
포크송의 송창식 김세환 윤형주 이장희
그룹사운드 조용필 최헌 송골매 등
시대를 아우르는 가사와 리듬의 기억
스쳐간 지난 세월이 노래로 되살아나
추억에 잠겨 쓰게 된 시라는 장르
내 시의 뿌리는 음악과 연결된 고리

나의 안식처

세상에 그 어느 누구도 나에게
설레임을 주는 달콤한 느낌이나
궁금증을 더하는 관심의 대상이 없어
홀로 황혼의 막차를 잡아 탄 거야
현실은 언제나 허전한 일상
계획이 없는 인생 그래프
이미 까맣게 막이 내려 버린
텅 빈 무대의 피에로가 된 거야
속박 받는 환경 각박해진 사람들
들창가로 보이는 어두운 밤하늘
사색에 빠져들게 하는 광활한 공간
혼자만의 상상에 익숙해져 버린 나날
급류에 휩쓸리듯 돌변하는 세상
저 우주공간만은 변함이 없어
꿈의 나래를 펼치는 심오한 밤하늘
삭막한 세상을 감싸주는 영원한 안식처

詩魔 시마 혹은 시혼 詩魂

$4^{부}$

•

모
친
의

눈
물

사랑에 관해

진정한 사랑은 반복되는 말이 아닌 것
흔한 언어로 속삭이는 게 아니라는 것
참사랑은 느끼한 애정표현이 아닌 것
영화의 한 장면을 흉내내는 게 아닌 것
애틋한 눈길이 끊임없이 오가고
서로 간의 심정을 공유하고 보듬는 것
마음과 마음이 하나로 일치하여
육체의 언어로 상호작용을 하는 것
때론 대화가 엇갈릴 때 귀담아 듣고
언제나 기댈 수 있는 기둥이 되어
아낌없이 주고 가슴을 열어 포용을 할 때
오묘한 사랑의 관계가 지속되는 것
사랑이란 먼 훗날 인생의 황혼길에서
한 사람에게만 말할 수 있는 것
사랑했노라 지금도 사랑하고 있노라
영원히 함께하겠노라 말할 수 있는 것

시대를 뚫고

낙산 정기를 받고 대학로 주변에서
성장기를 보낸 임화 김수영 시인
굴다리 근처에서 가수 꿈을 꾸던 김정호
한 동네서 자주 뵙던 한복을 입은 월탄 박종화 작가
유행가요가 울려 퍼지던 충신동 전파사
찬란한 문화의 신세계 할리우드 영화
교양의 참고서가 쌓인 청계천 헌 책방
잠들은 어둠의 도시인 서울의 통행금지
암흑시대에 우뚝 선 불굴의 문인들
열악한 환경을 뚫고 문학에 몰두해
유명인이 된 문인들을 동경하던 그 시대
나의 청년기를 지배한 주변의 환경
세월의 흐름 속에 각인된 기억들
머릿속을 돌고 돌다 갑자기 생각나
단편적으로 떠오르는 단상을 모두 모아
내 영혼의 마디가 되어 시가 된다

돌담길 독백

허전한 시월 끝의 바람 흐름
꽁꽁 동여맨 상처를 들쑤시고
우수수 떨어지는 낙엽들의 행진
외로움의 늪에 빠져들게 해
높아만 가는 머나먼 청천하늘
노란 은행잎 밟으며 걷는 가을 길
어둠이 내려앉은 거리의 추일야경
네온불빛에 잠식되어 가라앉은 내 마음
화려한 건물 휘황찬란한 불빛
도시에 불빛이 차갑게 느껴지는 이 밤
한적한 고궁 돌담길을 찾아가
이 계절의 정취를 맞이하는 발길
인적 드문 밤은 점점 깊어만 가고
목적 없이 길 따라 떠도는 수심의 굴레
왔던 길을 되돌아 쓸쓸히 거닐며
독백에 잠겨 정처 없이 걷는 가을 태생

밤의 산책길

동네 작은 공원을 무심히 지나쳐
가파른 오르막길을 쉬엄쉬엄 오르면
예전에 전세로 살던 불 켜진 방
저곳에서 열심히 시를 쓰던 나날
이웃해 있는 왕국회관을 지나쳐
성당에서 성묘상에 예의를 표하고
미로 같은 골목길을 빙빙 돌아
고즈넉한 사잇길로 내려가는 발길
생각해 보니 고등학생 때 처음 왔던 길
그때는 부러움의 상징이었던 부촌
세월에 밀려 고급 빌라가 즐비한 이곳
익숙하게 지나다니는 밤의 산책길
이 생각 저 생각 잡념에 잠긴 채
밤 풍경을 기웃거리며 내딛는 발걸음
넓게 보면 사는 게 거기서 거기인 삶
걷다 보면 평온해지는 자주 걷는 산책길

시의 벽에서

가슴에 뭉쳐 좀처럼 풀리지 않는 응어리
시의 벽에서 은유로 풀려는 과정
소재에 적합한 문장이 빙빙 맴도는 밤
쓰다 말기를 반복하다가 잠이 든 나
꿈속에서도 시를 쓰려는 안간힘
마무리 짓지 못한 시가 풀리는 잠결
선잠이 든 꿈속인 것을 감지하고
깨어나려고 애를 쓰는 내 안의 영혼
이른 아침 잠에서 깨어 생각이 난
어젯밤 꿈에서 헤매인 내 속의 시
느낌은 있는데 떠오르지 않는 문장
움켜쥘 뻔하다가 놓쳐 버린 한 줄기 빛
내 시의 핵심이 넋두리라고 말하는 친구
내 시는 내 느낌 내 방식대로 쓸 뿐
시 쓰기에 도움이 되는 논리는 전무하고
시마 혹은 시혼이 작용한 영혼으로 쓸 뿐

모친의 눈물

한여름 뙤약볕에 달아오른 팔월의 열기
의식이 없는 어머니를 면회하러 나선 길
무거운 발걸음으로 들어선 요양원
보호자의 권한이 없는 둘째인 나
폐렴의 재발했어도 중단한 연명치료
병원 입원 수속을 하지 않는 보호자
목조차 가누기 힘든 어머니의 상태
막바지에 다다른 거친 숨소리
침대에서 휠체어로 옮겨 앉히고
무더운 방을 벗어나 시원한 거실로 나와
할 수 있는 일이라고는 전신안마뿐
어머니의 동태를 세심히 살피는 관찰
모든 것을 체념한 듯 평온해 보이는 얼굴
할 말이 있는지 미세하게 움직이는 입술
그때 어머니의 두 볼을 타고 흐르는 눈물
살아생전 지상에서 흘리는 마지막 눈물

기다리던 곳

종로 2가 YMCA 입구에 서서
옛사랑 그녀를 기다리던 그날
첫 휴가를 나와 군복을 입고
부동자세로 서있던 그때 그 자리
오가며 이곳을 지나칠 때면
발걸음이 저절로 느려지며
유심히 바라보게 되는 내 시선
청춘시절에 자주 서있던 그 자리
삼년을 만났고 소중한 사람이었지만
세월의 틈은 둘을 갈라놓았고
약속 장소만 그대로인 채
추억이 부서진 그리운 그 시절
한때는 우리들의 거리였는데
세월 따라 변화를 이룬 새로운 물결
어쩌다 YMCA 건물 앞을 지날 때면
깊은 생각에 잠기게 하는 옛사랑

별이 빛난 밤

자유롭지 못했던 청춘의 겨울밤
별이 빛나는 밤에란 노래가 들리던 길
발맞추어 가던 발걸음을 멈추고
그녀의 눈빛을 바라보았던 기억
십개월 만에 만났는데 내일 들어가
부대로 복귀한다는 그 말 거짓말이지
말문을 막히게 하는 그녀의 반문
사정상 차일피일 미루다 한 번 만난 밤
그럴 수는 없는데 어떻게 사람이 그렇지
그녀의 눈물이 별빛에 반짝이던 밤
시간에 쫓기며 즐거웠던 단꿈 같은 밤
겨울 속으로 사라지는 가녀린 모습
오늘 밤 유난히 별이 선명한 밤
그 눈동자에 어린 눈물이 그리운 밤
가슴 한 구석에 아련한 후회로 남아
점점 희미해져 가는 별이 빛난 밤

마지막 편지

성긴 관계가 지속되던 그해 가을
붉어진 단풍잎이 절정을 이룰 무렵
서늘한 바람을 타고 날아온 편지
겉봉투에 빛나는 반가운 그 이름
백지로 보낸 종이로 곱게 접은 편지
모양내 붙인 멋진 갈잎 낙엽 한 잎
무언의 메시지가 담긴 편지
무얼 의미하는지 모를 의사 표시
그의 심중을 헤아리려 마음이 쏠리고
껄끄럽게 헤어진 지난 밤이 떠올라
심란해져 갈피를 못 잡고
골똘히 상념에 잠겼던 긴 밤
밤이 깊도록 궁금증을 더하던 편지
그의 손길이 닿은 낙엽 한 잎이
이별의 종착역으로 끝나 버린
그리움의 전주곡이 될 줄이야

잊혀진 편지

불현듯 군대 그 시절 생각에 잠기다가
문득 떠오른 그녀가 보낸 편지
삼십 개월쯤 오갔던 마음과 마음
소식이 뜸하면 간절히 기다리던 편지
첫 편지의 내용은 생생히 기억이 나지만
나머지 편지의 줄거리는 가물가물
악필로 짧게 쓴 내가 보낸 편지에 비해
긴 사연을 담아 보낸 애틋한 그녀의 심정
님이 떠난 종로 거리는 쓸쓸함이 가득해
넋을 잃고 걷다 보니 우리 집 앞이었다나
사랑한다는 말을 한 번도 한 적이 없기에
미안한 감정이 앞서는 뒤늦은 회한
사랑을 한 걸까 그리워만 했던 걸까
헤어진 지 까마득히 오래된 옛 이야기
우린 알고 있지 서로가 잊을 수 없다는 걸

일월 새벽비

일기예보대로 내리는 일월 새벽비
잠에서 깨어 가만히 듣는 빗소리
끊이지 않는 잡념이 맴도는 공허한 마음
추억을 더듬는 공허한 옛 생각
예전엔 아늑하게 느껴지던 겨울비
만감 속에 애잔한 비가로 들리고
잠자는 옛일들을 일깨우며
가슴 속에도 내리는 차가운 빗물
마음 한켠에 웅크린 우중의 회억
꼬리를 물고 이어지는 돌아선 사랑
빗줄기에 얼룩진 애심의 사연
빗물이 되어 흘러간 엇갈린 발자취
잠 못 들게 하는 겨울비는 그칠 줄 모르고
온 사위 적막마저 싸늘히 적시며
덩그러니 누운 내 심정을 흔들어 놓고
계절을 배반하며 내리는 어둠 속의 비

누란의 연인

바람에 휩쓸려 뒹구는 낙엽들의 잔해
가을이 떠나간 뜨락에 잔재 되고
허전해 몸짓하는 앙상한 나뭇가지
무서리 내릴 이 맘 때쯤 헤어진 사람
폐부를 울리는 멜로디를 즐겨 듣고
각박한 현실을 버거워 했던 사람
어쩌다 그런 공감을 지닌 채
청춘의 길을 동행하는 연인이 되었지
초겨울 밤 긴 머리 흩날리는 길에서
작별로 내민 손 쥐었다 놓으며
우수에 찬 눈길로 바라보던 애잔함
애처로운 표정 짓다 돌아선 창백한 얼굴
계절풍이 어둠을 울리던 밤
누란의 만남은 눈물 없는 별리
갈피를 못 잡던 삶에 방황을 하던 그 시절
진실로 사랑하는 방법을 몰랐던 거야

열대야의 밤

게릴라성 폭우가 사정없이 퍼붓던 우중
제멋대로 쏟아지던 긴 장마가 끝나자
절차에 따라 순리대로 찾아온 폭염
뙤약볕을 머리에 이고 살아야 하는 계절
낮에는 여름이니까 당연하다 여겨도
밤의 불청객이 되어 열기가 식지 않는 밤
우두커니 누워 힘겹게 뒤척이는 야밤
잠은 자야겠는데 말똥말똥 잠 못 드는 밤
가만히 누워 잡념에 빠져드는 어둠
내 청춘 때와 닮은 것 같기도 한 열대야
지칠 줄 모르고 앞을 향해 달리던 나날
후회란 단어만 떠오르는 그 세월
오래도록 지속될 것 같았던 만남
뜨거웠던 우리의 사랑은 어디로 갔을까
뜬금없이 청춘의 밤이 떠오르는
자다 깨다를 반복하는 열대야의 밤

그들을 떠나

여기까지 함께 걸어왔지만
이젠 단절하기로 하자
냉정해지지 않으면 안 되는 상황
앞으로 내 갈 길을 홀로 가리라
끊을래야 끊을 수 없는 연줄에 묶여
오랜 세월 우정을 주고받았던 동창들
울고 웃는 세월에 주고받았던 술잔
서로 간에 속속들이 알고 지낸 그 세월
아쉬운 미련이야 없겠냐만은
다 때가 있고 끝이 있듯이 돌아선 결단
가치관이 달라 포용할 수 없는 한계
정든 친구들이여 부디 행복하길 바래
내 남은 인생의 목적은 광야로 나가
어디선가 잃어버린 자아를 찾는 것
황혼길 어깨를 곧추세우고 홀로 가는 길
앞길에 놓인 장애물을 넘어 당당히 사는 것

부친 입관식

북에서 내려와 우여곡절을 겪은 한평생
살아온 인생에 비해 장수를 누린 아버지
아버지의 입관식을 위해 모인 유족들
마지막으로 대하는 고인의 얼굴
서서히 시신을 감싸는 흰 천
절차에 따라 의식을 치르고
마지막으로 입관을 하려고 할 때
기괴한 웃음소리를 내는 산 자
왔다갔다 고개를 끄덕이며
알 수 없는 이상 행동에 힐끗 쳐다보며
고개를 갸우뚱 곁에서 지켜보는 나
부친 입관식이 오래 머릿속을 맴돌다가
어느 날 깨달아지는 의문점
세상을 양분하는 선과 악의 세계
악마의 힘이 그에게 전이된 것 같은 느낌

내 팔자 소관

중학교 일학년 때 번호가 팔번
엄혹한 체육담당 담임교사에게
제대로 찍혀 미움의 표적이 된 과녁
첫 번째 시련이 닥친 힘겨웠던 일년
몇 해 전 나락에 떨어져 암울했던 시기
여덟 평 전세에 사년을 살게 된 처지
밤만 되면 이상행동을 반복하는 이웃집
낮에는 자고 밤에는 난리를 치는 사람
이것도 내 팔자려니 달게 받고 산 그 세월
사람들 팔자는 타고 태어나는 것일까
환경에 지배 받아 형성되는 것일까
알 것 같으면서 알 수 없는 미로
인생에 고비 때마다 나를 구원해 주는 손길
보이지 않는 힘이 작용하는 야릇한 느낌
지금에 내가 이렇게 살게 되리라는 걸
오래 전 암시한 예지대로 걸어온 인생길

봄비와 술잔

내 마음을 포근히 감싸던 사랑도 가고
비 오는 날에 낭만적인 추억도 사라지고
가슴에서는 우울함에 내리는 봄비
과거에 젖어 현실로 흐르는 빗물
카페에서 음악을 들으며 내다보는 거리
키 작은 즐비한 화분 사이로 내리는 비
비와 찻잔 사이에 들리는 음악
유리창엔 비가 창가에 맺히는 멜로디
엇갈린 생각에 뒤죽박죽인 심사
불협화음으로 들리는 익숙한 노래
공허한 내 눈길에 카페 주인이 건넨 말
내 이름을 부르며 무얼 그리 생각해
적적하면 술이나 한잔 하지
찻잔 테이블이 술잔 테이블로 바뀌고
주거니 받거니 오가는 술잔
봄비로 인해 시작된 토요일의 광란

이상한 증상

밤새 치통 같은 편두통에 시달리며
이리 뒤척 저리 뒤척 잠 못 이루다가
새벽 세시부터 TV를 켜고
뜬눈으로 긴 밤을 지샌 이른 아침
극심한 통증을 잠재우려고
동네를 천천히 돌고 돌아
친구 가게를 찾아가 두통약을 얻어먹고
병원 문이 열리기를 기다려 찾아간 치과
엑스레이를 연방 찍고 스켈링을 받고
진단을 내린 치과 의사의 소견
이비인후과 계통의 염증 같다며
처방전을 받아가라는 다정한 어투
거참 이상하네 이해를 할 수가 없네
증상은 윗니가 엄청 아팠는데
이비인후과 계통의 신경성 염증이라니
알 수 없는 내 몸 인체의 신비

詩魔 시마
혹은
詩魂 시혼

5 ^부

·

사
랑
의
여
정

삶의 양면성

누구나 마음엔 움켜쥐려는 탐욕
베풀고자 하는 선함이 담겨 있어
양극의 느낌을 불러일으키며
상황에 따라 저울질을 하는 판단
난처한 선택을 강요당할 때
혼돈에 빠져드는 양심론
인간의 양심은 때론 간사하기에
돌이킬 수 없는 배신을 범하기도 한다
객관적으로 좋은 사람이란
마음의 지분이 선을 향하지만
대다수 세월 속에 변하기 마련이며
간혹 악의 테두리에 잠식돼 돌변한다
양쪽 눈의 크기가 모두 다르듯
누구나 양면성을 지닌 채 행동을 하고
선악의 시험에서 벗어날 길은 전무하며
오류를 자책하는 성찰이 필요한 삶

가을의 종말

찬비가 내리는 늦가을 오후
추풍 타고 세차게 퍼붓는 싸늘한 비
거리를 뒤덮는 샛노란 은행잎 물결
우수수 깔리는 최후의 낙엽이 쌓인 길
애조 띤 빗소리에 허무가 감돌고
수심 늪에 잠긴 듯 을씨년스런 광경
비바람에 젖는 음산한 거리는
빛바랜 영화의 라스트신을 연상케 한다
허전해 몸짓하는 나뭇가지
겨울이 머지않음을 암시해 주고
계절 끝의 늦가을 비명소리는
거리 곳곳에서 사무쳐 운다
가을이 몰락하는 스산한 거리
어둠이 밀려와 가로등은 켜지고
그 불빛에 선명히 비추는 빗줄기
그칠 줄 모르고 겨울을 재촉한다

사랑의 여정

첫 느낌으로 다가오는 호감
두 눈길이 교차하는 짜릿함
가슴에 솟구치는 주체할 수 없는 욕망
쉽사리 다가가지 못하는 사랑의 전율
떨리는 손을 잡고 미소를 지으며
허물을 벗듯이 마음의 문을 열고
가슴의 광염이 꺼질 때까지
제멋대로 하는 사랑의 굴레
서로에 대해 속속들이 알고 난 후
남는 것은 권태로워지는 마음의 짐
환상이 깨질 때 맛보는 공허감
반목을 거듭하다가 겪는 사랑의 종말
꿈속을 헤매 돌 듯 반복되는 헛사랑
존재하지 않는 완벽한 사랑
사랑과 이별의 과정을 딛고
희생하며 지어야 할 안락한 보금자리

폭우 빗줄기

뇌성벽력을 동반하며 퍼붓는 장대비
대지에 두려움을 주는 폭우가 쏟아지고
개발을 빌미로 훼손당한 계곡
퍼붓는 빗줄기가 경종을 울린다
물줄기를 막고 선 집터를 삼키고
막힌 수로 위로 역류하는 비의 재앙
무분별한 생태계 파괴로 인한 대가
불행을 자초해 온 이 땅의 사람들
검은 뒷거래로 유린당한 국토
게릴라성 폭우는 사정없이 퍼붓고
공포의 빗줄기를 무력하게 바라보며
목숨을 담보로 벌여야 하는 사투
대비치 않고 코앞의 일에 급급한
잡민화 하며 타락한 의식
순리가 발을 붙이지 못한 이 땅
저주의 빗줄기가 위기를 경고한다

자살 그 유혹

누구나 상처받는 인생길
예민한 성격의 소유자일수록
생과 사의 길목을 넘나드는
극심한 염세적 자살 충동
무의식으로 존재하는 죽음의 본능
정신이 분열될 때 일어나는 발로
심약해진 심리 상태 끝에
절망적 선택으로 벌이는 자살 게임
독기와 광기가 결합할 때
자아를 파괴하는 극단적 의사 표현
마각을 드러내 보이는 몰아의 경지
성공률보다 실패하기 쉬운 자살 게임
결코 미화되어서는 안 되는 자살
소멸되어 연소시켜야 하는 생명
삶을 경멸해 자살에 이른 자들
죽음의 문턱에선 생을 갈망했었으리

지상과 작별

짧다면 짧은 한 생애 접고
그대 저승으로 잘 가소서
행복했다 할 수 없었던 한평생
아무런 미련일랑 두지 마소서
생과 사의 두터운 경계선
이렇게 허망할 줄이야
삶은 거부할 수 없는 주검을 향한 길
이 세상 나날 헛된 꿈일지 몰라
지상에서 못 다한 한을 삭히고
감기지 않는 눈망울 영원히 감으소서
이승에 남겨둔 혈육의 정 끊고
유월 바람 타고 훨훨 승천하소서
살아서 누리지 못한 꿈들
그 곳에서나마 성취하소서
환하게 웃음 짓던 동안의 그 얼굴
남은 자들도 기억 속에 묻으리

서대문 형장

사형수들이 8사 감방을 돌아
곧장 걷게 되면 직면하는 곳
간수들에게 이끌려 터벅터벅
마지막으로 대하는 지상의 터
높다랗게 담장을 이룬 낡은 벽돌담
그 안으로 쪽문이 나있는 목조 건물
형틀 위에 매달린 굵은 밧줄
오래 된 시골 면사무소 같은 형장
차단부 너머 입회자를 바라보며
최후의 진술을 하는 사형수
묶인 몸 얼굴에 흰 천이 씌워지고
사형을 집행하는 교도관들
삶을 끝낸 무수한 사형수들 중
위정자의 악법에 의한 잣대로 인하여
고문 당하고 무참히 숨져 간 원혼들이
이 터를 맴돌고 있는 것은 아닌지

가을 멜로디

거리에 나부끼는 시들은 꽃잎
서서히 식어가는 저 태양
날이 갈수록 높아만 가는
끝 갈 데 없는 먼 하늘 길
사라진 청춘의 그림자같이
허무로 가득한 가을 황혼
쌓이는 그리움에 솟아나는 얼굴
추회에 잠겨 되뇌이는 그 이름
행복할 때에는 느끼지 못했던
해가 지는 일몰 때의 비애미
서글픈 멜로디처럼 심금을 울리고
흩어지는 검붉은 노을 잔영
정든 길 따라 고궁 뒤편에 서면
희미하게 어리는 그 시절 발자취
나 홀로 옛 노래 나지막이 부르며
돌담길 더듬으며 가을을 앓는다

언젠간 만남

지나간 삶에 머물고 싶던 시기나
가슴에 응어리진 미련이 없지만
그럼에도 계절이 바뀔 때면
문득 뇌리를 스쳐가는 얼굴들
사랑이란 숙명적이라 애타게 바라도
연분이 닿지 않으면 영원한 타인
추억 그대로 가슴에 묻고 돌아서도
쉽사리 잊히지 않는 게 추억
추억을 잠재우는 묘약은 사랑
오묘한 느낌에서 시작된다지만
좀체 다가오지 않는 오랜 기다림
살다 보면 언젠가 만나겠지
철새처럼 한 곳에 머물지 못해
바람에 실려 떠나듯 지나쳐 온 삶
포근히 정착할 곳이 보인다면
이제는 그곳에 내려앉고 싶다

진리를 찾아

믿고 의지할 곳 없는 세상일지라도
혼자만의 울타리에 칩거하지 말라
산더미 같은 파고가 몰아쳐 와도
마음의 빗장을 열고 당당히 맞서라
허망함이 혹독하게 길을 막아도
모질게 일어서는 드센 자가 되라
삶은 간간이 혼란의 시험에 들게 하나니
피할 길 없는 업은 인내로 달게 받아라
고뇌는 집착으로 인해 다가오고
좌절은 겪을수록 지혜로운 자가 되느니
속되거나 초월한 척 살지 말고
대가 없이 탐하려 애쓰지 말라
참답지 못한 생활을 참회하며
점진적으로 인생 섭리를 깨달아 갈 것
올곧은 선행을 행하는 삶으로
진리를 찾아 한 걸음 다가설 것

태양은 안다

모순된 인간사 되풀이되는 굴레
태초부터 지켜봐 왔던 태양
장막을 거두고 천지를 꿰뚫어보며
영겁의 세월을 늘 지켜봐 왔다
때로는 하늘을 원망케 하고
때로는 하늘에 감사케 하며
오묘한 삼라만상의 섭리로
분쟁이 끊이지 않는 세상을 주도해 왔다
태양을 쏘아보면 저주를 내리고
태양을 우러르면 기를 주는 역동
그 누구도 가까이 갈 수 없는 신비
세상에 빛과 어둠 주며 공존한다
해가 뜨고 해가 지는 세월 속에서
내가 가고 그들이 사라진다 해도
태양은 어김없이 다시 뜨고
예정된 순리대로 돌고 돌리라

입동 그 하루

하늘은 입동을 어찌 알았는지
초겨울 바람을 휘몰고 와
화려한 가을 잎을 떨어뜨리고
거리를 낙엽의 물결로 수놓는다
어쩔 수 없이 쓸쓸한 겨울의 입구
지는 단풍잎 닮은 입동 노을
무심히 지나는 행인들의 발길에
샛노란 은행잎이 뭉개져 버린다
저무는 석양 너머 스며오는 어둠
귓가를 스치는 매서운 바람소리
갈대처럼 맥없이 흔들리며
심란해져 걸어가는 고독한 길
칼바람이 휘몰아치는 가지마다
우수수 잎새를 토해내는 허전함
도시 뒷길의 쓰레기처럼
종말을 고하는 가을 잎의 무상함

술 그리고 시

술잔을 잡기 전엔 순수했고
진리를 찾아 헤매던 과도기
소주잔을 들고부터 삶은 가팔라지고
방황하며 시에 심취해 갔지
우연히 마신 동동주는 달콤했고
그맘때쯤 앓게 되었던 짝사랑
맥주가 귀할 때 마셔본 그 맛
쌉쌀하게 거품 이는 청춘 뒷맛 같았지
선술집을 드나들 때의 정열과 광기
퍼 마시고 침튀겨가며 벌였던 설전
레스토랑에 발길 가며 무드를 찾았고
럭비공 같은 불안한 사랑에 취했지
정열 무드 사랑 쾌락을 좇아
인생의 많은 부분을 허비하였던 술집
무수히 꺾이던 술잔 남는 건 배설인데
그 과정이 시의 밑거름이 되더군

내 몸뚱아리

선택의 기로에 놓일 때마다
선과 악이 대립하는 내 몸뚱아리
반쪽은 올바른 사고방식을 지녔는데
나머지 반쪽은 어리석기 짝이 없는 이 몸
내 자신을 알고 있는 줄 알았는데
제대로 알지 못하면서 행동했고
그로 인해 계속 되어온 불행
지나온 인생은 시행착오의 연속
한쪽 다리는 정도의 길을 가려 하고
나머지 한쪽 다리는 갈지자로 가고
두 쪽으로 나뉘어 대립되던 상처
뒤뚱거리며 걸어왔던 슬픈 인생길
나라는 존재의 근본을 깨달을 때까지
자그마치 반평생이 걸렸고
그것마저 어디까지 안다는 것인지
내 몸 깊숙한 곳 시작과 끝이 궁금하다

칼 가는 시인

잡다한 무리들이 자리잡은 시단
계보를 양성하는 도장을 장악한 고수
우후죽순 난무하는 개간지 도장
오롯이 정기 모아 칼날을 가는 낭인
길 닦아 줄 스승이나 선배 없이
칼날을 곧추세우려는 기개
무뎌진 고수의 솜씨를 넘보며
예리하게 날선 칼날을 다듬는 낭인
이미 타락해 버린 시단 문화
개혁의 칼날을 휘두르는 협객이고자
모자란 창작기법을 연마하며
기회를 엿보며 때를 기다리는 자
정치권을 닮은 풍토의 시단
선풍의 칼바람 일으키고자
가슴에 품은 기예를 뿜어내는 시
무명시인의 야심찬 독한 꿈

잿빛 하늘 끝

어쩌다 웃을 적에도 허허로운 느낌
심중에는 희구와 우울이 뭉개져 있고
자유롭게 살기를 원하는 본능
현실적 괴리감으로 인해 갈등 중
한 때 독신주의를 지향했지만
홀로 살 의지를 익히진 못했고
세찬 풍파에 휩쓸리다 보니
갈피를 못 잡고 흔들리는 가치관
반복되는 일상이 권태스러워
술잔을 잡으면 한없이 이어지고
고통을 가중시키는 술의 광란
혼돈이 지난 뒤의 후유증 숙취
우중충한 잿빛 저 하늘 끝
찬란한 태양이 숨어 있듯이
안개 속 세월을 헤쳐 가노라면
언젠가는 인생길에 해가 돋겠지

혼자인 채로

사랑의 문을 걸어 잠그고
늘 혼자인 채로 지내는 삶
순결한 영혼을 꿈꾸며
늘 혼자인 채로 면벽하는 방
이미 쓸쓸함에 익숙해져 버린
외로운 내 영혼에 기대어
이 밤도 홀로 음식을 끓여
늦은 저녁을 차려먹는 밥상
자유를 얻으려 생업도 포기하고
고독을 맞이하려 고립을 자초하며
진정한 자아를 찾아가는
착란과 광기를 추스르는 고행의 삶
십 년쯤 홀로 살아봐야 안다는 삶
삼십 년을 혼자 살아도 깨닫지 못한 나
이 밤도 잡념에 휩싸이다가
늘 혼자인 채로 잠드는 하루

난 이별 태생

이별을 맞이하며 헤쳐 온
순탄치 않았던 반쪽 된 삶
먼저 손 벌린 만남은 없었어도
고뇌의 함정에 빠져들던 덫
모자란 필연이라 달게 받아도
이별 언저리엔 찬바람 불고
붙잡고 싶은 뜻은 없었어도
쉽사리 떨쳐지지 않던 뭇 정
사랑이 끝난 뒤 흐르는 이별 변주곡
이별을 통해 깨달아지는 논리
인위적으로 이루어진 만남은
지속적인 애정을 줄 수 없다는 것
갈등을 겪는 여정이 두려워
오랫동안 외면해 왔던 사랑의 길
또 다른 폭풍이 일지라도
참다운 사랑 꿈꾸는 이별 태생

시
마 詩魔

혹은 시
혼 詩魂

6부

●

돌
아
서
는
길

망자의 눈길

효제길 접어드는 입구 어릴 적 살던 동네
일제강점기에 지어진 남루한 이층 건물
좁고 가파른 계단을 오르면
유년 시절을 회상케 하는 빈 터
긴 세월을 비껴간 듯이
옛 모습 그대로인 주변 풍경
누군가 머물고 있는 낡은 사무실
노크하고 들어선 문학 동호회
눈에 익은 오래된 책들이 반기는
즐비하게 진열되어 있는 서재
낯선 시인과 빈말을 주고받다가
눈길이 간 죽은 여류 시인의 벽보판
시집 두 권을 내고 자살로 생을 마감한
염세주의자 여류 시인의 생전 모습
이 터에서 시상을 가다듬던 망자의 혼이
이 곳으로 나를 부른 것 같은 느낌

얼어 버린 강

얼어 버린 저 강을 신뢰하지 마라
결빙되어 버린 저 강을
얼음이 언 그 부피만큼
외부와 차단되어 있으니
얼기 전에는 투명하게 흐르던 강물
결빙되어 두터운 장막에 갇힌 후
물결의 흐름을 드러내지 못하고
언 강을 밟는 자들에게만 주는 혜택
얼어붙은 저 강을 믿지 마라
단단해 보이는 저 허구의 두께
머지않아 해빙의 시기가 오면
저절로 녹아 버릴 시퍼런 두께
냉기로 얼어붙은 저 강이 녹고
강물이 잔잔한 물결을 되찾을 때
강 주변엔 화사한 꽃들이 피어나고
강물은 순리대로 흐르리니

인생의 법칙

사고 싶은 것을 살 수 없을 때
그것을 살 수 있는 돈만 있다면
소박한 성취를 느낄 수 있을 것 같았는데
큰돈이 생겼는데도 느낄 수 없는 만족감
생업이라는 틀에 갇혀 있어
하고 싶은 것을 맘껏 못하고 살다가
틀에서 벗어나 자유로워졌을 때
날이 갈수록 옥죄어 오는 듯한 고립
저 사람만 내 곁에 있으면
그지없이 행복할 줄 알았는데
막상 그 사람과 더불어 있다 보니
사랑하는 마음이 권태로 바뀌는 과정
자유로워지면 외로워지고
사랑을 하게 되면 구속을 받게 되는 과정
비합리적인 것 같으면서 합리적인
미로를 헤매 돌며 깨닫는 인생의 법칙

직선과 곡선

태초에 길은 자연스러운 곡선
인위적으로 조성된 단순한 직선 문화
생각할 수 있는 사유를 주는 곡선의 길
현대문명에 의해 만들어진 직선의 길
동식물이 더불어 살 수 있는 곡선 환경
생태계에 균형을 깨트리는 직선 문화
인간과 가까운 종속만이 살아가기 위해
자연의 순리를 역행하는 현대인
지구상에 인간만 득실댄다면
지금처럼 살 수 없는 세상의 환경 조건
다양한 동식물이 살 수 없는 땅
결국엔 인간도 살 수 없는 불모지
오묘한 균형을 이룬 곡선적 세상
직선으로 만들어가는 문명의 이기
바쁘게 빠르게 살아가는 직선적 사고방식
직선개념은 인간의 멸망으로 가는 길

계란 달걀론

똑같은 것을 두고 두 가지로 말하는
계란 또는 달걀이라는 닭알
요리하기에 따라 다양한 맛을 내며
식탁을 풍성하게 하는 먹음직스러운 알
달걀귀신이라는 말은 있어도
계란귀신으로 쓰이지 않는 말
모두에게 유익한 계란을 빙자한
섬뜩한 달걀귀신형의 인간들
흰자위는 서민을 상징하고
노른자위는 기득권을 뜻하는 말
노른자위가 상해 버린 계란
가차 없이 깨트려 버려야 하는 사회
노른자위가 선명하고 싱싱해야
흰자위도 더불어 어우러지는 계란
계란의 타원형 겉모양처럼
둥글게 돌아가야 하는 사회

권하는 술잔

술을 벗삼아 더불어 살아야
인생의 깊이를 알 수 있는 삶
술잔에는 희로애락이 담겨 있으며
낭만보다는 고독이 가득한 술
술기운이 오를 때의 안온함
정서를 나누는 아늑한 분위기
술자리가 끝난 뒤의 허전함
숙취에 고통 받는 육체의 쇠락
술과 타협하고 절교도 하며 사는 삶
주거니 받거니 술 권하는 사회
술 마시던 사람이 술을 끊게 되면
건강을 얻지만 단순해지는 법
술잔에는 격정의 로맨스가 춤추고
번뜩이는 상념이 술길 따라 흐르고
무아의 경지에 빠트리기도 하는 혼돈
삶의 활력소의 으뜸이 되는 묘약

성격과 운명

지상에 태어나는 것이
자신의 선택이 아니듯이
성격도 부모의 유전자로 인해
결정되어 버리는 인생
후천적 고행으로 인해
어느 정도 성격이 변하지만
부모로부터 주어진 본질을 갖고
한평생 지내다 가는 게 인생
태어날 때 성격이 주어지듯이
빗겨갈 수 없는 인간의 운명
사는 동안 큰 틀을 벗어나지 못하는
거역할 수 없는 타고난 숙명
주어진 여건에 최선을 다하며
물 흐르듯 바람 부는 대로
하루하루 죽음을 향하여
그럭저럭 살다 가는 게 인생

돌아서는 길

반가웠던 시간도 금세 가고
등 돌려 돌아서야 할 시각
재회는 아쉬움으로 여운 지고
각자 집으로 돌아갈 시각
그대 돌아선 발길 뒤로 눈이 내리는가
밤 늦은 어둠 사이로 날리는 저 눈발
마음을 추스르며 맞는 눈송이
그대도 눈을 맞으며 돌아가는가
쓸쓸함을 달래며 술을 마시고
눈길을 외롭게 거닐었던 발길
행복하지 못한 그의 표정에
가슴 한구석이 아리었던가
옛정을 훨훨 날려 버리고
아파트로 무겁게 들어서는 발길
정을 묻고 돌아서는 거야
안식처를 찾아 냉정히 돌아서는 거다

혼돈 속에서

가라가라 끊임없이 회오리치며
폭풍처럼 다가오는 혼돈이여
오라오라 저 멀리 가물거리는
사막에 신기루 같은 행복이여
슬픔의 사슬을 끊기 위해
정든 사람들과의 만남을 단절했고
혼돈의 근원을 자르기 위해
심신을 정화시키며 지내는 삶
무위도식하며 지내는 하루 또 하루
마음 중심에 쌓이는 권태로움
권태를 잠재울 수 있는 묘약은 술
알코올의 노예가 되어 버리는 깊은 밤
과거의 꿈에 빠져 헤매 도는 내 영혼
몇 날을 숙취 후유증에 고통 받는 육체
가라가라 저주받은 악마의 혼이여
오라오라 구원의 손길 천사의 빛이여

때론 미친 듯

뇌를 정밀검사해 보고 싶다
불규칙하게 튀는 뇌파
발작하듯 날카롭게 곤두선 신경
상처 난 부위가 어디인지
쑤시는 골을 열어보고 싶다
술과 담배에 찌들어 오염된
망가져가는 뇌의 형태
뇌세포가 얼마만큼 침식됐는지
꽉 막힌 듯한 느낌의 뱃속
아무 때나 때우는 식습관으로 인해
오장육부조차 온전할 리 없겠지만
도려내고 싶은 갑갑한 부위
때론 목적 없이 헤매 다니고
때론 술에 취해 혼란스러운 삶
속박 받는 광기의 테두리 속
서서히 파괴되는 나의 몸

이월의 오후

창문을 열면 내다보이는 우뚝 선 전신주
줄줄이 정렬되어 가지런한 전선줄
전신주 꼭대기에 앉아있는 이름 모를 새
홀로 있어 외로워 보이는구나
긴 통나무로 된 전봇대가 있던 시절
낡고 늘어진 전선줄 위
줄지어 앉아있던 그 많던 참새들
참새들은 어디로 사라졌는지
한때는 창밖에 우뚝 선 전신주처럼
도도하게 서 있고 싶었는데
얽히고설킨 세상사가 싫어져
나만의 울타리에 칩거하는 현실
사라진 전선줄의 참새들을 추억하며
옛 생각에 잠겨 있다가
주섬주섬 옷을 갈아입고
목적 없이 길을 나서는 이월의 오후

십일월의 비

동틀 무렵 잠에서 깨어 창문을 여니
소리 없이 내리는 실비
넋을 놓고 창밖을 바라보다가
우산 없이 비를 맞으며 나선 길
실비와 함께 불어오는 찬바람
우수수 맥없이 지고 마는 가을 잎
어둠이 가시지 않은 거리의 은행잎 물결
음습한 길을 지나치는 도둑고양이
실비를 맞으며 무작정 나선 길
발길 닿는 대로 거닐다가
아무도 없는 동네 공원에 서서
지는 가을 잎을 바라보는 허한 눈
어느새 실비에 촉촉이 젖은 머리
어디에 서 있건 허전한 가을 향기
지는 가을 잎 되어버린 내 마음
아 올 가을도 허무하게 가는구나

폭우 속의 밤

날이 저물며 음산한 대지 위
섬뜩한 섬광을 번쩍이며
하염없이 쏟아지는 폭우
빗소리 가득한 우계의 밤
선술집에서 술잔을 기울이는 나
세파에 찌든 비의 나그네
빗줄기에 흠뻑 젖고 싶은 충동
홀로 남겨진 듯한 소외감
폭우는 고독한 가슴에 술 붓고
취객들은 빗소리에 장단 맞춰
거나해진 목소리로 부르는 노래
흘러간 십팔번을 홍얼거린다
갈 곳 잃은 정처 없는 내 영혼
씻겨지지 않는 상처에 겨워
선술집에서 시름을 달래며
추억 속을 헤매 돌고 있었다

봄에 가을비

봄기운이 무르익은 주말
예기치 않게 내리는 봄비
약속된 시간을 기다리기엔 긴 공백
마음을 추스를 길 없는 무료한 오후
할 일 없이 가랑비를 맞으며 거닐다가
대화가 필요치 않은 사람을 만나
주거니 받거니 낮술을 마시며
흐트러지기 시작한 심중
창밖엔 여전히 내리는 봄비
내 마음엔 처량한 가을비가 되어
주체할 길 없는 허무로 얼룩지는 비
우울하게 흩뿌려지는 빗물
목구멍 타고 흘러드는 술
어느새 내 영혼을 잠식시키고
만나기로 한 선약을 어기고
비틀대며 다른 곳으로 향하는 발길

인생에 관해

사노라면 하고자 하는 일만 행하며
살아갈 수는 없는 게 인생
사노라면 예기치 않은 불행이
불시에 밀어닥쳐 오는 것
견디기 힘든 쓴 경험도 인내하며
단련시켜야 하는 내면
인생길엔 무수한 난관이 도사리지만
극복할 잠재력은 누구나 있는 것
고비를 넘기며 역경을 딛고 일어설 때
보람을 맛볼 수 있는 삶
존재한다는 것은 부단한 극복이며
심신 수양의 지속인 것
주어진 여건에 최선을 다하다 보면
지혜로운 혜안을 습득할 수 있는 생
인생이란 어두운 그림자를 헤치며
당당히 제 갈 길 찾아가는 것

연으로부터

고단한 인생길을 가다 보면
우연히 마주치는 사람들
우연히 반복되다 보면
인연으로 이어지는 세상사
사람 관계는 우연으로 시작되어
정을 나누는 인연으로 이어지지만
진정한 동반자의 길은
필연적일 때만 생을 함께하는 삶
서로가 호감을 느껴 오가는 교분
한쪽에서 배신을 범할 때
돌이킬 수 없는 상처로 남는 악연
모자란 소양에서 움트는 싹
우정을 나누다가 오해로 인해 끊기고
사랑하다가 엇갈려 버리는 연
한평생 끈끈한 정을 나누어도
죽음 앞에선 절연으로 끝나 버리는 인생

진정한 봄을

삼월은 파릇파릇 돋아나는
식물들에게는 봄일지언정
만인의 피부에 와 닿는
봄은 진정 아니로소이다
삼월 초의 세찬 바람은
거리를 뒤흔드는 돌풍을 일으키며
생동하는 봄날을 노래하는
매스컴의 오보를 비웃고 있소이다
삼월이 깊어가도 거리의 풍경은
외투를 걸친 소시민들이
봄의 온화함을 느끼지 못한 채
움츠리며 걷고 있소이다
모두가 따사로운 햇살을
공유하며 누릴 수 있는 그러한 날
모두가 웃음 지며 가슴 열어 반길
진정한 이 땅의 봄을 기다리며

삶에 공식론

사랑 더하기 사랑은 열정
사랑 빼기 사랑은 원점
사랑 곱하기 사랑은 참사랑
사랑 나누기 사랑은 결별
이별 더하기 이별은 독신
이별 나누기 이별은 세월
누구나 사랑하고 헤어지는
삶의 공식은 오묘한 섭리
기쁨 더하기 기쁨은 함박웃음
기쁨 빼기 기쁨은 텅빔
기쁨 곱하기 기쁨은 행복절정
기쁨 나누기 기쁨은 허망함
슬픔 더하기 슬픔은 절망
슬픔 나누기 슬픔은 현실
누구나 깊은 슬픔을 맛보지만
슬픔을 나누며 사는 게 인생

사색과 은둔의 미학

— 조성규, 평생을 고독의 심연에서 아프게 성찰하는 시인

김 재 엽

(문학평론가, 정치학박사, 한누리미디어 대표)

1987년 11월 23일자 문화부 등록으로 신당동에서 문을 연 도서출판 한누리가 을지로4가 삼정빌딩을 거쳐 충무로4가 소재의 진양상가 577호에 자리 잡고 본격적인 출판업무를 진행하던 1992년 가을 10월의 어느 날 낯선 전화 한 통을 받게 되면서 조성규 시인과의 인연은 시작된다.

신중하면서도 조심스러워 하는 듯한 젊은 남자의 낮은 목소리가 매우 감미롭게 느껴졌던 것 같은데, "거기 출판사죠?" 그러면서 "시인으로 정식 등단은 못했지만 시랍시고 써 모은 작품 60편이 있는데 시집으로 엮어줄 수 있겠습니까?" 냐며 시집 출판에 대해 문의해 온 것이다.

그리고 그 다음날 출판사 사무실에 곧바로 찾아와 만났고,

대학노트에 또박또박 정리된 60편의 시가 저마다의 특색을 내보이며 아름답게 박혀 있었다. 타이핑 속도가 남달랐던 우리 오퍼레이터가 1시간 정도면 충분히 입력을 마치고 교정지를 뽑아줄 수 있으니 잠시 기다리라고 하고는 필자는 잠시 급한 일을 정리하고 있었는데, 첫인상부터가 핸섬하면서도 차분하고 침착한 이미지를 소유한 조성규 시인은 참으로 조용하게 미동도 없이 한 시간 내내 소파에 기대앉아 기다리던 모습이 지금도 선명하게 되살아난다.

아무튼 이날 교정지를 뽑아 건네주고 필자 또한 내용이 궁금하여 교정지 1부를 더 프린트하여 읽어보기 시작했다. 어쩌면 시인의 일상이라든가 정신세계가 그대로 녹아 있는 것이 잔잔하게 느껴졌는데 무엇보다 사랑 때문에 끊임없이 방황하고 천착하는 모습, 어쩌면 이미 헤어진 여인을 그리워하며 곱씹는 형상이 여러 곳에서 선명하게 읽혀지는 것이었다. 그리고 시편 하나하나마다 나름대로 단단하게 조탁되어 있어 이미 아마추어의 범주는 훌쩍 벗어난 기성 시인의 시편들을 감상하는 느낌으로 다가오고 있었다.

이 당시 우리나라는 세계적으로 최고의 위상을 자랑하는 스포츠 행사로 88서울올림픽을 성공리에 치르고 전 세계적으로 국격이 오르더니 1990년대가 되면서 문화 예술 전반에 걸쳐서도 전 세계적인 주목을 받으며 힘차게 약진하고 있었다. 그 징표로 하루가 다르게 새로운 제호를 달고 문학잡지들이 창간되었고, 또 군사정권 시절에 초법적인 규제의 희생

양으로 폐간되었거나 휴간되었던 유명잡지들도 속속 복간
되거나 속간되어 서점가의 매대를 더욱 풍성하게 장식하고
있었다.

그야말로 우리나라 문학잡지계가 르네상스를 맞이하였다
고 말할 수 있는 시절이었는데 실제로 필자가 경영하던 도서
출판 한누리에서도 월간『문예사조』(주간 김창직), 월간『문학
세계』(발행인 박남훈), 계간『자유문학』(발행인 신세훈), 계간
『해동문학』(주간 정광수), 반년간『한글문학』(발행인 안장현) 등
상당수의 문학잡지를 제작 대행하고 있었다.

사실 조성규 시인이 원한다면 이들 잡지 중에서 한 곳을
택하여 추천의 절차를 거쳐 정식 시인으로 등단시킨 뒤 시집
을 출간하는 것도 괜찮을 듯싶었는데, 어떤 연유에서인지 조
성규 시인 스스로가 잡지 추천을 달가워하지 않는 것이었고
빠른 시일 내에 시집이 출간되는 것을 원하는 것이었다.

이즈음 신생 문학 잡지들이 신인상 형식으로 지나칠 정도
로 많은 문인을 등단시키는 바람에 소위 '신인장사'라는 오
명이 등장하며 문단에서 이슈가 되던 차 작품집 출간으로 독
자들께 직접 평가를 받겠다는 문인도 상당수 등장하였는데
바로 조성규 시인이 이 부류에 해당한다고 하겠다.

아무튼 교정을 보고 나름대로 6부로 나누어《이별여행》이
라 제목을 붙이고 인쇄에 들어가 1992년 11월 20일 비로소
조성규 시인의 처녀시집이 세상에 얼굴을 내밀었다. 당초 조
성규 시인은 '이별연습'이라는 제목을 주문했었다고 하였

는데 '이별'과 관련한 시가 꽤나 많았던 이유로 무언의 혼란을 겪었는지 편집과정에서 제목이 '이별여행'으로 변신하였지만 때마침 대중가요로 유행하던 원미연의 '이별여행'만큼이나 인기 있는 시집으로 자리하면 좋겠다는 희망 섞인 자평을 듣게 된다.

어쩌면 이 시집은 첫 작품부터 '이별'을 암시하는 시편으로 시작했는데, "쏴아 거세지는 빗소리에/ 방울방울 맺혀지는 얼굴/ 끝이 보이는 사랑을 하는 것은/ 자멸을 자초하는 자학이 아닐까/ 결단 못 내린 번민이/ 빗속을 헤집고 다가와/ 나락으로 떨어뜨린다/ 이렇게 침울한 날엔/ 바닥에 부딪히는 빗물처럼/ 부서지고 싶어/ 내 울음인 듯 알 수 없는/ 우수를 간직한 신비의 빗소리/ 뽀얗게 떠오르는/ 결별이 예감된 사람을/ 가슴에 적셔 놓는다"(〈침울한 빗소리〉 중에서)라든가, "세상이 온통/ 무정한 담으로 둘러싸인 듯/ 갈 길 잃은 더딘 시간/ 검어진 하늘 위에/ 별들이 빛날 때면/ 어디로 가야 하나/ 미망으로 허물어지는/ 심해의 마음을 가누지 못하고/ 샘처럼 솟아나는/ 너를 향한 방황의 끝은/ 어디에서 멈춰질까"(〈길 잃은 세월〉 중에서), "그리움 휘감겨 놓고/ 풍문으로 단 한 번/ 소식 들렸던 이제는/ 마주 대할 길 없는/ 영영 남이 된 사람"(〈단풍이 물들 때면〉 중에서), "사랑이란 아픔을 삭이고 희생하며/ 훨훨 떠나보낼 수 있는/ 마음의 평정이 찾아들 때/ 진정한 의미의 참사랑은/ 순수했던 초심으로 승화되어/ 불멸의 추억으로 간직되리"(〈불멸의 추억〉 중에서), "진실을 이해

못한 우리의 오해도/ 이룰 수 없었던 사랑의 고뇌까지/ 부담 없이 털어놓고 웃을 날 있을 거야"(〈첫사랑에게〉 중에서) 등에서 충분히 이별을 연습한 상태임을 토로한다.

실제로 결혼생활마저 1년도 유지하지 않고 헤어진 채 지금껏 30여 년간 독신으로 지내오는 조성규 시인의 정신세계는 지독히도 순애보적인 사랑으로 가득 채워져 있어 아마도 평생 동안 또 다른 사랑이 비집고 들어갈 틈이 없었을 듯싶다. "하얀 눈송이 되어 찾아와/ 무한한 기쁨을 주던 너/ ⋯/ 수줍음 띤 얼굴로 반기던 너는/ 겨울에 핀 흰 장미 그 자체였다/ ⋯/ 짧게 주어진 우리 둘만의 시간/ ⋯/ 또 다른 이별의 시간을/ 준비해야 했던 우리/ ⋯/ 처음으로 탈영의 충동을 불러 일으키도록/ 소중했던 너/ ⋯/ 황량하고 냉혹한 강원도 거센 바람이/ 세차게 뺨을 때리며/ 불길한 전주곡을 울리고 있었다"(〈마지막 면회〉 중에서). 그러다가 제대하고 '2년 만에 재회' 하게 되는데 "발그레한 불빛 아래 변모한 차림새/ 벽처럼 느껴지는 긴 공백의 거리감" 은 침묵으로 이어지고 "식은 차는 다시 뜨거워질 수 없듯/ 타인의 얼굴로 바라보는 내 두 눈엔/ 다정했던 눈물로 고여" 온다고 술회한다. 그리고 또 어떤 과정을 거쳐 어떻게 결혼하고 어떻게 헤어졌는지는 들은 바 없어 상세하게 밝힐 수는 없지만 시편 하나하나에 조성규 시인의 복잡한 심성이 복합적으로 내재되어 있어 그 느낌만큼은 참으로 아련하게 감지할 수 있었던 것 같다. 아무튼 "비애로 멍든 가슴에 이는/ 빗소리의 추억/ 그 빗물이 뺨 위에

번질 때면/ 하염없이 잔을 들어/ 슬픔의 근원을 잠재워 드리리"(〈방황의 계절〉 중에서)라고 다짐하면서, "초겨울 바람이 어둠을 울리던 밤/ 지친 몸 쉬어가듯 타산적인 만남은/ 눈물 없는 차가운 별리를 고할 뿐/ 어두운 생을 아파하던 그 시절/ 우린 서로를 진실로 사랑하는 방법을 몰랐던 거"(〈회색 연인〉 중에서)라고 후회 섞인 참회를 하며, "단아한 옆모습에/ 짧게 커트한 머리 쓸어 넘기며/ 곱디고운 눈 흘길 줄 아는/ 매력을 지닌 여자"(〈그녀〉 중에서)를 회상한다. 아마도 조성규 시인의 가슴 속에는 지금도 이런 모습으로 첫사랑의 여인이 아름답고 매력 넘치게 자리하고 있을 듯싶다.

이 시집을 출간하고 조성규 시인과 필자는 같은 시기에 학교를 다닌 동년배 친구로서, 또 조성규 시인의 절친과 필자의 여자 동창이 결혼함으로써 필자의 고향 인근 마을에도 '함진아비'로 방문한 적이 있었다는 인연으로 자주 만나 식사도 하고 술자리도 함께하며 남다른 우정을 쌓아가게 된다.

아마도 이듬해 가을인 것 같은데 조성규 시인의 또 다른 친구와 함께 상도동 소재의 생가를 방문한 적이 있다. 한옥으로 지어진 고택에 정원이 아름답게 자리한 도심에서는 실로 보기 드문 바로 그런 저택이었다. 그날이 마침 조성규 시인의 생일이었던 것으로 기억되는데 측은지심으로 안쓰럽게 맞이하는 어머님의 따스한 목소리와는 다르게 냉담한 표정으로 거의 멸시하는 듯한 차가운 시선으로 쏘아보다 외면하는 아버님의 시선에서 조성규 시인이 왜 술을 가까이하고 은둔의 시간 속에 삶을 학대하는지 알 것만 같아 필자 또한 가슴이 먹먹했던 기억이 난다. 어쩌면 엘리트 집안의 가장에게는 조성규 시인의 형과 여동생은 일류대학을 졸업하고 내로라하는 대기업에서 중간간부로 근무하며 역량을 한껏 발휘하고 있는데, 중간에 낀 조성규 시인은 주변의 관심과 진정 어린 사랑을 받지 못한 채 방목되듯이 성장하여 남대문시장에서 장사를 하는 모습이 보기에도 매우 불편했던 모양이다. 그러나 역설적이게도 시장에서 어머니와 함께 열심히 돈을 벌어 실질적인 부를 축적한 장본인은 조성규 시인이라는 데서 이질감이 생겨 이날 조성규 시인과 아버님 간에 심하게 다툰 것 같은데, 이 상황을 목도하면서 필자 또한 인생사 참으로 알 수 없는 요지경임을 새삼 터득하게 되었다.

아무튼 그날은 그렇게 한바탕 시끄럽게 집안을 헤집어 놓고 동대문운동장 인근의 모 술집에서 밤새워 술을 마셨던 기억이 난다. 그리고 주변 환경으로부터 여러모로 힘든 삶을 살아왔을 조성규 시인에게 조금이나마 도움이 되는 좋은 친구가 되기로 마음먹고 참으로 자주 만났던 것 같다.

그러다가 1994년 11월 1일자로 그의 두 번째 시집 《홀로 가는 길》을 펴내게 된다. 이 당시 조성규 시인은 강남의 모 아파트에서 혼자 기거하며 생업에 종사하면서도 남다른 독서열이 있어 수많은 문학 도서와 문단 돌아가는 속성을 상세히 꿰고 있었는데, 신문도 많이 봄으로써 시사상식 또한 매우 해박할 정도로 축적되어 있었다. 그러나 역시 가슴 깊은 곳에서는 혼자라는 외로움의 잔해가 더욱 두텁게 자리하여 조성규 시인을 고독 속에 가두고 더욱 절절한 아픔을 노래하게 만들었다. 삶과 죽음을 대척점에 놓고 거칠게 살아가는 인간시장에서 시인이 겪는 고뇌와 삶의 아픔은 고독한 감성으로 승화되어 읽는 이로 하여금 잔잔한 감동을 자아내는 마력을 지녔으며, 무엇보다 시인이 가는 길에 벽처럼 가로막고 있는 고독과 함께 뭉쳐져 있는 처절한 삶의 아픔에 짙은 서정을 담아 미래의 희망으로 표출하고 있었다.

또 조성규 시인은 이 시집《홀로 가는 길》을 출간하고부터는 시장에서의 생업을 접고 문단 활동에 제법 열심히 참여하였는데 해동문인협회에서 매월 개최하는 시낭송회에도 거의 다 참석하였고, 또 자유문인협회에서 주관하는 시낭송회에도 적극 참여하며 문인들간의 친분도 다지고 개인적으로는 시창작의 저변도 확장시키는 계기로 활용하고 있었다.

그러면서 1997년 5월 25일에는 조인이라는 필명으로 세 번째 시집《잊혀지기 전에》를 출간하였다. 사실 조성규 시인 스스로가 문단 활동에 제법 이력이 붙으면서 실명으로 작품 활동하기가 다소 부담스러웠던 모양이다. 이 무렵에는 문단에서 제법 목소리를 높여 활동하면서 때로는 독설도 서슴지 않는 성격을 그대로 내비쳐 많은 문인들이 경계대상 1호로 지목하고 있었는데 술자리가 잦아지고 길어지면 길어질수록 그런 인식은 더욱 굳어지는 것이었다. 그런 와중에도 역시 사랑이란 이름으로 늘 그의 가슴을 허하게 만들던 그 무엇을 노래하고, 그 사랑을 더욱 소중하게 간직하고 싶어했던 것 같다. 곁들여 누군가로부터 특히 첫사랑의 여인으로부터 영영 '잊혀지기 전에' 남겨놓고 싶은 메시지가 있었던 듯싶은데 그 메시지를 당당히 밝히면서 마음에 담고 있던 그 무엇인가를 깨끗이 지우려 했던 것 같기도 하다.

어쨌든 조성규 시인과의 만남은 이 시기부터 개인적인 자리를 떠나 문단이라는 자리에서 만나게 되고 조성규 시인 또한 문단의 속성에 젖어 들어 스스로 동화되면서 필자와의 만남은 다소 소원해지고 있었다. 게다가 2001년 봄부터는 우리 한누리미디어에서 계간 『해동문학』을 제작 대행하지 않게 되어 필자 또한 자연히 해동시낭송회도 관여하지 않게 되었다. 그래서인지 해동시낭송회에 '문학과현실사' 황명운 대표가 열심히 참석하여 김경현 시인 등과 함께 술친구도 되고 문학 동인으로서 열정을 바치는가 싶더니, 한누리미디어가 을지로2가 사무실 인근 재개발로 인해 을지로에서의 출판사 역사를 접을 즈음 2권의 시집을 내보이는 것이었다. 필명을 조도빈으로 하여 2003년 11월 1일자 발행의 《안개비에 젖어 그리움을 토한다》와 필명 조도성으로 된 2004년 11월 25일자의 《그리웠던 길에서 첫사랑은》이었는데 나름대로 열심히 쓴 흔적은 찾아 읽었던 것 같다.

그리고 우리 출판사가 2006년 2월 4일 종로구 부암동으로 이전하면서부터 조성규 시인과의 만남은 더욱 뜸해졌다. 한번인가 김경현 시인과 함께 방문하였던 것 같은데 이미 간암

이 깊어져 생명에 위협을 받고 있던 김경현 시인의 힘겨워
하는 모습을 보고 잠깐만에 헤어졌던 기억이 난다. 그리고
필자 또한 2008년 1월 12일 대장암 수술을 받고 건강관리에
신경 많이 쓰게 되어 곧바로 홍대 인근 서교동 사무실로 이
전한 2008년 2월 6일부터는 사람 만나는 일정을 대폭 축소시
킴으로써 조성규 시인과의 만남은 그 후 없었던 것으로 기억
된다. 특히 2010년 9월 9일 김경현 시인의 별세에 따른 충격
으로 두주불사하던 조성규 시인의 심상에도 어떤 변화가 생
겼는지 연락도 없고 술자리도 뜸해지는가 싶더니 문단에도
나타나지 않는 것이었다.

그렇게 10년이 넘게 잊혀져 가던 조성규 시인에게서 어머
님의 부음을 받고 장례식장에서 해후한 뒤 간간이 대학로 모
처에서 술 한잔하고 있다는 전화를 받다가 지난 여름 어느날
"이제 새롭게 시창작에 열을 올렸다면서 2024년 금년에는
기필코 재기의 시집을 상재하겠노라"는 각오가 담긴 자못
비장한 전화를 받은 바 있다. 그리고 추석이 지난 며칠 후 건
네받은 원고가 바로 《시마(詩魔) 혹은 시혼(詩魂)》이라는 제하
의 시집 원고였던 것이다.

'시마'는 듣기에 매우 생소한 단어이지만 시 속에서 끊임
없이 고통과 맞서며 얻는 구원의 과정을 다소 부정적인 의미
를 담고 있는 '마(魔)'라는 단어를 통해 시적 묘미를 강렬하
게 표현할 수 있다고 여겨진다. 그리고 '시혼'은 시에 담긴
시인의 혼과 영혼이 작품에 녹아 있다는 점을 잘 드러내며

시적 감수성과 철학을 잘 표현해 주는 제목이기에, 조성규 시인이 시 쓰기에 매진하면서 맞게 된 답답한 현실에서 직면하고 체감하는 어려움을 벽에 메타포시키는 과연 조성규 시인다운 발상이 아닌가 싶다.

여기서 조성규 시인과의 소중한 인연을 내세워 기술한 '발문' 성격의 글월은 일단락짓고 독자들의 시 감상을 돕는 '작품해설'의 의미로 이번의 시집 《시마 혹은 시혼》에서 몇 편 뽑아 감상하면서 조성규 시인의 시세계를 함께 분석해 보고자 한다. 그리고 그 첫 번째 작품으로 시마와 시혼 모두가 언급되어 있는 〈시의 벽에서〉를 소환해 본다.

가슴에 뭉쳐 좀처럼 풀리지 않는 응어리
시의 벽에서 은유로 풀려는 과정
소재에 적합한 문장이 빙빙 맴도는 밤
쓰다 말기를 반복하다가 잠이 든 나
꿈속에서도 시를 쓰려는 안간힘
마무리 짓지 못한 시가 풀리는 잠결
선잠이 든 꿈속인 것을 감지하고
깨어나려고 애를 쓰는 내 안의 영혼
이른 아침 잠에서 깨어 생각이 난
어젯밤 꿈에서 헤매인 내 속의 시
느낌은 있는데 떠오르지 않는 문장

움켜쥘 뻔하다가 놓쳐 버린 한 줄기 빛

내 시의 핵심이 넋두리라고 말하는 친구

내 시는 내 느낌 내 방식대로 쓸 뿐

시 쓰기에 도움이 되는 논리는 전무하고

시마 혹은 시혼이 작용한 영혼으로 쓸 뿐

- 〈시의 벽에서〉 전문

조성규 시인은 기발표한 시집에서 보여준 바에 더해 이번
의 시집 《시마 혹은 시혼》에서도 인간 내면의 심연에 깊이
스며들어 고독, 상실, 사랑, 그리고 삶과 죽음의 경계를 깊이
사색하며 시적 언어로 풀어낸다. 시집 전편에 흐르는 내재적
의미 또한 조성규 시인 개인이 겪어온 고통과 치유의 과정을
반영하면서도 독자가 쉽게 공감할 수 있는 보편적인 감정을
담고자 노력했음이 엿보인다. 그리고 마성과 영혼이 혼재하
는 정신세계에서 "깨어나려고 애를 쓰는 내 안의 영혼/ 이른
아침 잠에서 깨어 생각이 난/ 어젯밤 꿈에서 헤매인 내 속의
시/ 느낌은 있는데 떠오르지 않는 문장/ 움켜쥘 뻔하다가 놓
쳐 버린 한 줄기 빛/ 내 시의 핵심이 넋두리라고 말하는 친구
/ 내 시는 내 느낌 내 방식대로 쓸 뿐/ 시 쓰기에 도움이 되는
논리는 전무하고/ 시마 혹은 시혼이 작용한 영혼으로 쓸 뿐"
이라고 다소 내려놓는 듯한 언사에 체념 섞인 넋두리를 하면
서 자신의 삶을 되돌아보고, 깊은 고독 속에서 자신을 성찰
하며 그것을 시적 예술로 승화시키는 여정으로 삼아 당당히

걸어가는 조성규 시인이 실로 아름답게 보인다.

가라가라 끊임없이 회오리치며/ 폭풍처럼 다가오는 혼돈
이여/ 오라오라 저 멀리 가물거리는/ 사막에 신기루 같은 행
복이여/ 슬픔의 사슬을 끊기 위해/ 정든 사람들과의 만남을
단절했고/ 혼돈의 근원을 자르기 위해/ 심신을 정화시키며
지내는 삶/ 무위도식하며 지내는 하루 또 하루/ 마음 중심에
쌓이는 권태로움/ 권태를 잠재울 수 있는 묘약은 술/ 알코올
의 노예가 되어 버리는 깊은 밤/ 과거의 꿈에 빠져 헤매 도는
내 영혼/ 몇 날을 숙취 후유증에 고통 받는 육체/ 가라가라 저
주받은 악마의 혼이여/ 오라오라 구원의 손길 천사의 빛이여

- 〈혼돈 속에서〉 전문

조성규 시인의 시에는 그가 겪어온 고독과 내적 갈등이 반
복적으로 등장하며, 이는 그의 시 창작에 중요한 동력으로
작용하는 것 같다. 그의 작품 세계는 한편으로는 삶의 한계
와 상처를 받아들이는 과정이면서 동시에 그 상처를 통해 자
신을 더욱 깊이 이해하고자 하는 자기 성찰의 여정을 담고
있다. 시인은 자신의 내면에 존재하는 어두운 부분들과도 대
면하며 자신 속에 숨겨져 있던 악마와도 같은 요소를 직시한
다. 그러나 이러한 내적 갈등과 고뇌는 시인이 삶을 바라보
는 방식, 특히 사랑과 상실에 대한 이해를 형성하는 데 중요
한 영향을 미친다. 더욱이 거의 모든 날을 술에 취해 삶의 고

뇌를 탈피하려는 그에게는 무언가 구원의 손길이 필요할진대 "권태를 잠재울 수 있는 묘약은 술/ 알코올의 노예가 되어 버리는 깊은 밤/ 과거의 꿈에 빠져 헤매 도는 내 영혼/ 몇 날을 숙취 후유증에 고통 받는 육체/ 가라가라 저주받은 악마의 혼이여/ 오라오라 구원의 손길 천사의 빛이여"를 외쳐 부를 수밖에 없으리라. 그러면서 자신을 파괴하려는 내적 충동을 인정하면서도 이를 초월하고자 요동치는 강한 의지를 표출하며 독자들에게 진정한 삶의 의미를 묻는 것이다.

바람에 휩쓸려 뒹구는 낙엽들의 잔해
가을이 떠나간 뜨락에 잔재 되고
허전해 몸짓하는 앙상한 나뭇가지
무서리 내릴 이 맘 때쯤 헤어진 사람
폐부를 울리는 멜로디를 즐겨 듣고
각박한 현실을 버거워 했던 사람
어쩌다 그런 공감을 지닌 채
청춘의 길을 동행하는 연인이 되었지
초겨울 밤 긴 머리 흩날리는 길에서
작별로 내민 손 쥐었다 놓으며
우수에 찬 눈길로 바라보던 애잔함
애처로운 표정 짓다 돌아선 창백한 얼굴
계절풍이 어둠을 울리던 밤
누란의 만남은 눈물 없는 별리

갈피를 못 잡던 삶에 방황을 하던 그 시절
진실로 사랑하는 방법을 몰랐던 거야

- 〈누란의 연인〉 전문

삶과 사랑, 그리고 상실의 주제는 이 시집의 또 다른 중요
한 축이다. 조성규 시인은 삶 속에서 마주한 사랑의 복잡성
과 그로 인한 상처를 〈누란의 연인〉에서 매우 인간적이고 솔
직하게 묘사한다. 그는 사랑을 단순한 기쁨이 아닌 서로가
함께 고난을 견디며 살아가야 하는 하나의 시험으로 여긴다.
그의 시에서 전반적으로 사랑은 눈물과 고통이 섞인 관계로
나타나며 상처를 주기도 하고 때로는 치유가 되기도 하는 이
중적인 감정으로 묘사된다. 그러나 이 사랑의 여정에서 조성
규 시인은 필연적으로 상실과 이별을 마주하게 되며, 사랑이
떠난 자리를 되돌아보며 느끼는 상실감은 그의 시에 가슴 저
미는 슬픔과 함께 깊은 울림을 준다. 그는 사랑이 떠난 자리
에 남겨진 공허함을 표현하며 그 속에서 생긴 그리움과 허탈
함을 시로 승화시켜 자신의 감정을 치유하고자 한다. 조성규
시인은 자신의 기억 속에 잠들어 있던 사랑과 이별의 순간들
을 함께 떠올리게 하며 "진실로 사랑하는 방법을 몰랐던 거"
라고 방황의 아픔을 술회하면서 결국 살아가야 한다는 삶의
아이러니를 일깨운다.

누구나 상처받는 인생길/ 예민한 성격의 소유자일수록/ 생

과 사의 길목을 넘나드는/ 극심한 염세적 자살 충동/ 무의식으로 존재하는 죽음의 본능/ 정신이 분열될 때 일어나는 발로/ 심약해진 심리 상태 끝에/ 절망적 선택으로 벌이는 자살 게임/ 독기와 광기가 결합할 때/ 자아를 파괴하는 극단적 의사 표현/ 마각을 드러내 보이는 몰아의 경지/ 성공률보다 실패하기 쉬운 자살 게임/ 결코 미화되어서는 안 되는 자살/ 소멸되어 연소시켜야 하는 생명/ 삶을 경멸해 자살에 이른 자들/ 죽음의 문턱에선 생을 갈망했었으리   - 〈자살 그 유혹〉 전문

죽음과 삶의 임계점에서 겪는 성찰은 시인의 내면을 더욱 깊이 탐구하게 하는 요소가 된다. 조성규 시인은 죽음에 대한 탐구와 더불어 그 안에 내재된 인간의 연약함을 그대로 보여준다. 그는 자살의 유혹과 같은 어두운 주제를 통해 인간이 극단적인 순간에 마주하는 고통과 절망을 직시한다. 그러나 이러한 절망 속에서도 삶을 지속하려는 의지를 발견하게 되며, 이는 시인이 시를 통해 자신의 삶을 포기하지 않고 극복하고자 하는 강한 내재적 의지로 이어진다. 죽음과 삶의 경계에서 시인은 한편으로는 생명의 유한함을 자각하면서도 그 유한함이야말로 삶을 더욱 가치 있게 만드는 요소임을 깨닫는다. 조성규 시인은 이러한 경험을 통해 생의 아름다움과 덧없음을 동시에 인식하고, 자신의 시를 통해 "삶을 경멸해 자살에 이른 자들/ 죽음의 문턱에선 생을 갈망했었"을 거라 유추하며 죽음이 아닌 생명의 가치를 강조한다.

한여름 뙤약볕에 달아오른 팔월의 열기/ 의식이 없는 어머니를 면회하러 나선 길/ 무거운 발걸음으로 들어선 요양원/ 보호자의 권한이 없는 둘째인 나/ 폐렴의 재발했어도 중단한 연명치료/ 병원 입원 수속을 하지 않는 보호자/ 목조차 가누기 힘든 어머니의 상태/ 막바지에 다다른 거친 숨소리/ 침대에서 휠체어로 옮겨 앉히고/ 무더운 방을 벗어나 시원한 거실로 나와/ 할 수 있는 일이라고는 전신안마뿐/ 어머니의 동태를 세심히 살피는 관찰/ 모든 것을 체념한 듯 평온해 보이는 얼굴/ 할 말이 있는지 미세하게 움직이는 입술/ 그때 어머니의 두 볼을 타고 흐르는 눈물/ 살아생전 지상에서 흘리는 마지막 눈물

— 〈모친의 눈물〉 중에서

가족과 인간관계에 대한 탐구 역시 시인의 내면을 더욱 풍부하게 만들어주는 중요한 주제이다. 특히 〈모친의 눈물〉과 같은 작품을 통해 시인은 가족이라는 존재가 얼마나 소중하고 깊은 영향을 미치는지 고백한다. 가족과의 관계에서 느낀 사랑과 이별의 감정은 시인의 인생관에 큰 영향을 주며, 무엇보다 어머니와의 관계에서 느낀 인간적이고도 보편적인 감정을 진솔하게 드러낸다. 그는 어머니가 남긴 눈물에서 인간 존재의 무상함과 생명의 소중함을 동시에 발견하며, 그것을 시로 옮김으로써 독자에게 공감과 위안을 제공한다. 시인은 가족과의 관계를 통해 생의 본질에 대한 질문을 던지며, 삶의 끝자락에서 우리가 결국 돌아가야 할 존재는 가족임을

상기시킨다. 이는 조성규 시인이 시를 통해 전하고자 하는 인간적인 따뜻함과 함께 시인 자신에게도 치유와 정화의 과정이 된다고 하겠다.

이상과 같이 살펴본 조성규 시인의 시집《시마 혹은 시혼》의 시편들은 그의 삶과 철학, 그리고 감정이 응축된 일종의 자서전적 여정이다. 고독과 상처를 통해 더욱 깊이 자신을 이해하게 되는 과정, 그리고 그 속에서 인간의 본질을 발견하는 과정이 이 시집에 고스란히 담겨 있다. 조성규 시인은 시를 통해 자신의 상처를 드러내고 그 상처가 타인에게도 공감과 위로로 다가가기를 희망한다. 또한, 조성규 시인의 시편들은 독자에게 고통과 상처를 받아들이는 법, 그리고 이를 통해 인생을 더욱 풍부하게 만드는 힘을 전해 준다. 그의 시는 우리 각자에게 존재하는 고독과 내적 갈등, 사랑과 상실의 감정이 한 개인만의 경험이 아닌, 인간 모두가 함께 나누는 보편적인 경험임을 깨닫게 하며 이를 통해 자신의 삶을 돌아보게 하는 귀중한 경험을 제공한다고 말하고 싶다.

앞으로 조성규 시인께서 얼마의 시편을 더 발표하게 될지는 모르겠지만 그동안 술도 많이 먹고 은둔의 시간도 많이 가졌던 만큼 남은 인생 아름답게 장식하는 그런 시편을 많이 발표하여 '조성규'라는 이름이 독자들의 입가에서 오래도록 회자되기를 기대해 본다.

시마 혹은 시혼

·

지은이 / 조성규
발행인 / 김영란
발행처 / **한누리미디어**
디자인 / 지선숙

·

08303, 서울시 구로구 구로중앙로18길 40, 2층(구로동)
전화 / (02)379-4514, 379-4519
Fax / (02)379-4516
E-mail/hannury2003@daum.net

·

신고번호 / 제 25100-2016-000025호
신고연월일 / 2016. 4. 11
등록일 / 1993. 11. 4

·

초판발행일 / 2024년 11월 15일

·

ⓒ 2024 조성규 Printed in KOREA

·

값 12,000원

·

※잘못된 책은 바꿔드립니다.
※저자와의 협약으로 인지는 생략합니다.

·

ISBN 978-89-7969-895-4 03810